Lulú y Nelson

Papel certificado por el Forest Stewardship Council®

Penguin
Random House
Grupo Editorial

Título original: *Lulu et Nelson. Tome 1. Cap Sur l'Afrique*

Primera edición: abril de 2021

© 2019, Éditions Soleil / Hildegarde / Girard / Omont / Neyret
Todos los derechos reservados
Publicado originalmente en la colección Métamorphose, dirigida por Barbara Canepa y Clotilde Vu
© 2021, Penguin Random House Grupo Editorial, S. A. U.
Travessera de Gràcia, 47-49. 08021 Barcelona
© 2021, Mariola Cortés-Cros, por la traducción

Printed in Spain – Impreso en España

ISBN: 978-84-204-4107-8
Depósito legal: B-764-2021

Compuesto en Negra
Impreso en Talleres Gráficos Soler, S.A.

AL 4 1 0 7 8

GIRARD • OMONT • NEYRET

TOMO 1

RUMBO A ÁFRICA

A mi Lulú, la de verdad.
A los encuentros, a los imprevistos, a los descubrimientos, al que empuja, juega, da
vueltas, se da golpes, se mueve, y a todo aquello que le pone sal a su vida.
Y también, al aburrimiento que alimenta la imaginación necesaria para
desconectar del torbellino de la vida.

Charlotte

A aquel libro que hojeé por aburrimiento en clase de Historia, un día de 1985, y
en el que descubrí el horrible sistema del Apartheid.
A todos(as) los(as) indomables e indómito(as).
A mis padres, que nunca me encerraron.
A las cebras y a las jirafas, que tan bien saben convivir, a pesar de sus diferencias.
A mi Lulú y a su madre, mis leonas favoritas.

Jean-Marie

A mis abuelas, Lulú y Bianca.

Aurélie

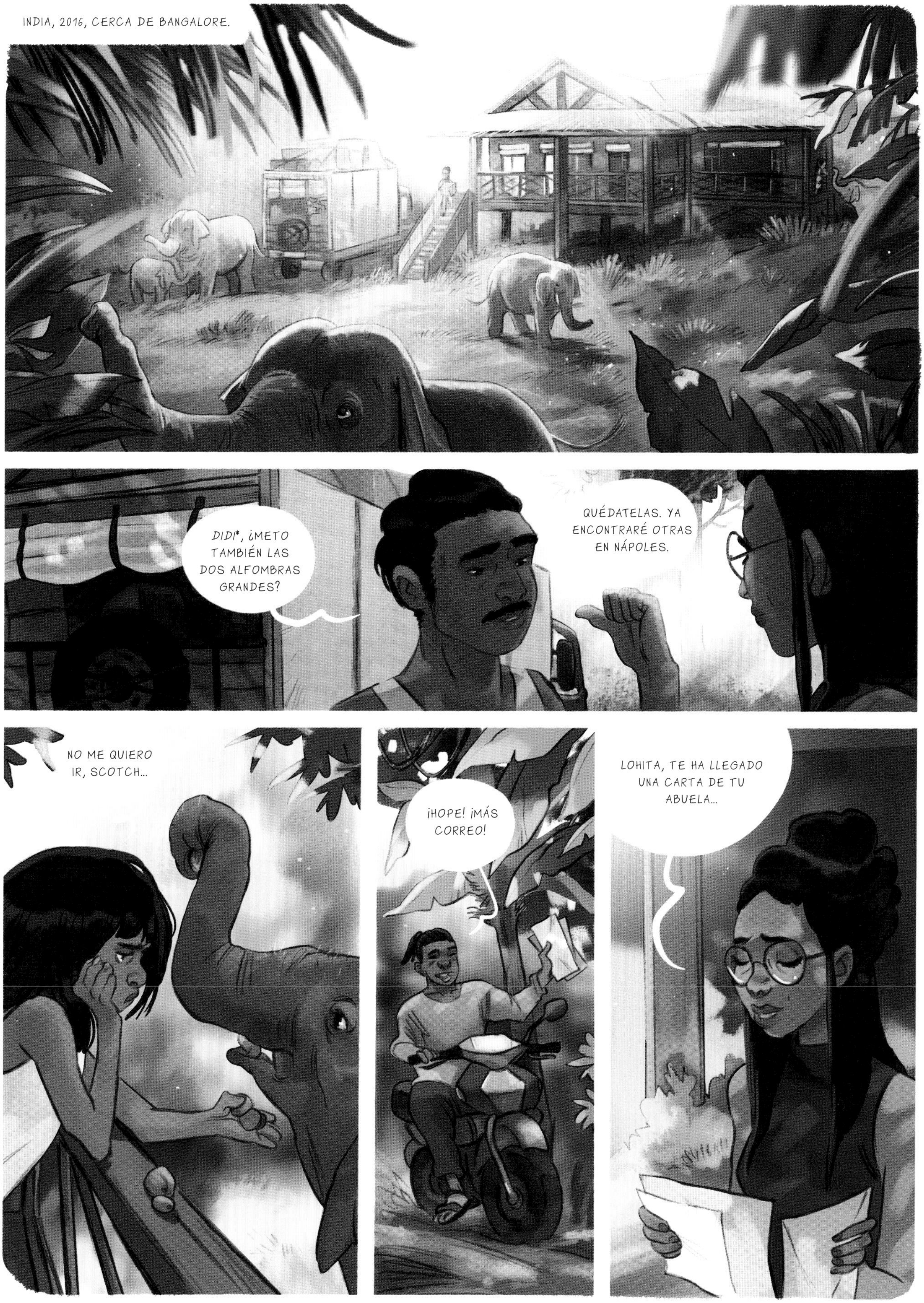
INDIA, 2016, CERCA DE BANGALORE.
DIDI*, ¿METO TAMBIÉN LAS DOS ALFOMBRAS GRANDES?
QUÉDATELAS. YA ENCONTRARÉ OTRAS EN NÁPOLES.
NO ME QUIERO IR, SCOTCH...
¡HOPE! ¡MÁS CORREO!
LOHITA, TE HA LLEGADO UNA CARTA DE TU ABUELA...

*FORMA COMÚN PARA DECIR «SEÑORA» EN HINDI.

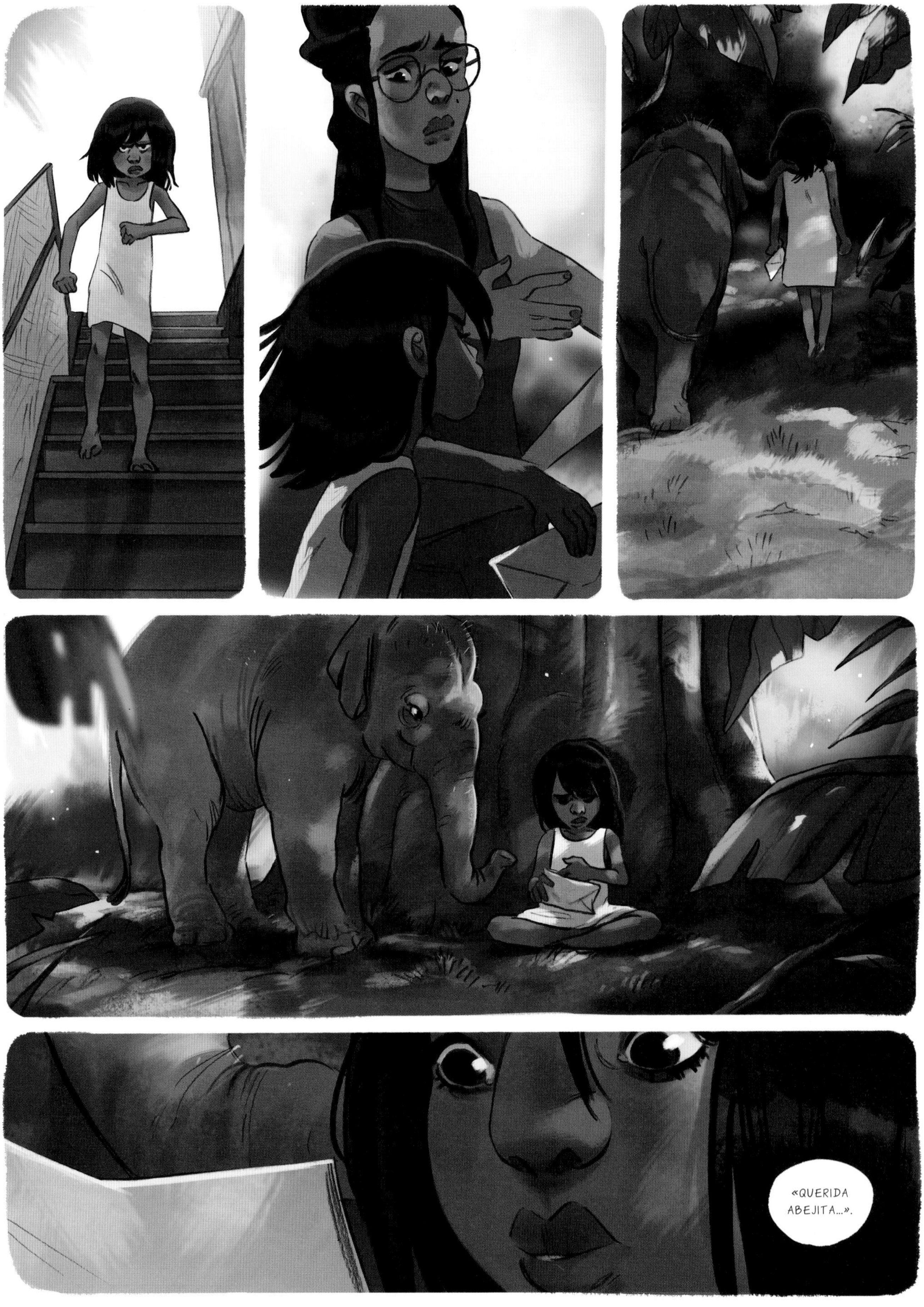
«QUERIDA ABEJITA...».

Querida abejita:

Tengo un secreto que contarte...

Existe una antigua leyenda que dice que los bebés, cuando están en la tripa de su madre, ya conocen todas las respuestas a las preguntas sobre los misterios de la vida. Pero dicen que, al nacer, el ángel del silencio les pone un dedo en la boca y les susurra: «Olvida todo lo que sabes, olvida todo lo que te espera en la tierra y descubre la vida por ti mismo».

¿Te has fijado ya en esa brecha que forma un canalito entre tu nariz y tus labios? Es la huella que dejó el dedo del ángel... Todo el mundo tiene una.

Si miras bien la tuya, verás que apenas es profunda. El ángel no debió de apoyar el dedo lo suficientemente fuerte... Eso pasa a veces. Quiere decir que tú no te has olvidado de todo... Y por eso sabes y siempre has sabido, desde que naciste, que tu sitio está junto a los elefantes.

Debes de estar desesperada ante la idea de marcharte de la India y de la selva de Bangalore para irte a un colegio de Nápoles. Seguramente estés pensando que estás abandonando a tus elefantes y que así no sigues tu camino. ¿Oyes cómo te late el corazón en el pecho? No para nunca... Con los elefantes pasa algo parecido. Van a estar contigo dentro de tu corazón y no te abandonarán nunca...

La vida no siempre elige el camino más corto para llegar a nuestro destino, o a donde tiene que dejarnos. A la vida le encantan los desvíos. Sobre todo, los que están llenos de emociones desconocidas, de experiencias inéditas, de colores suaves u originales, de encuentros mágicos...

Mi querida abejita, creo que ha llegado el momento en el que te cuente el desvío más hermoso que hice en toda mi vida...

... Mi hermano, Cyrus, nació el mismo día que yo: el 7 de marzo de 1953. Crecimos juntos, en el circo, entre payasos, los acróbatas Baldi, Leotardo y Saquito, el señor Leal, Vito, el director, la señora Tetralini, la contorsionista, y todos los demás...

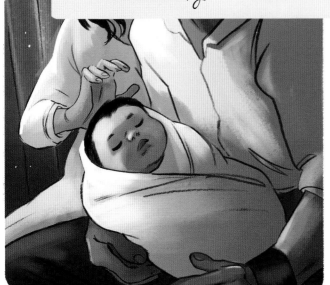

Cyrus y yo éramos inseparables...

Me ayudó a dar mis primeros pasos...

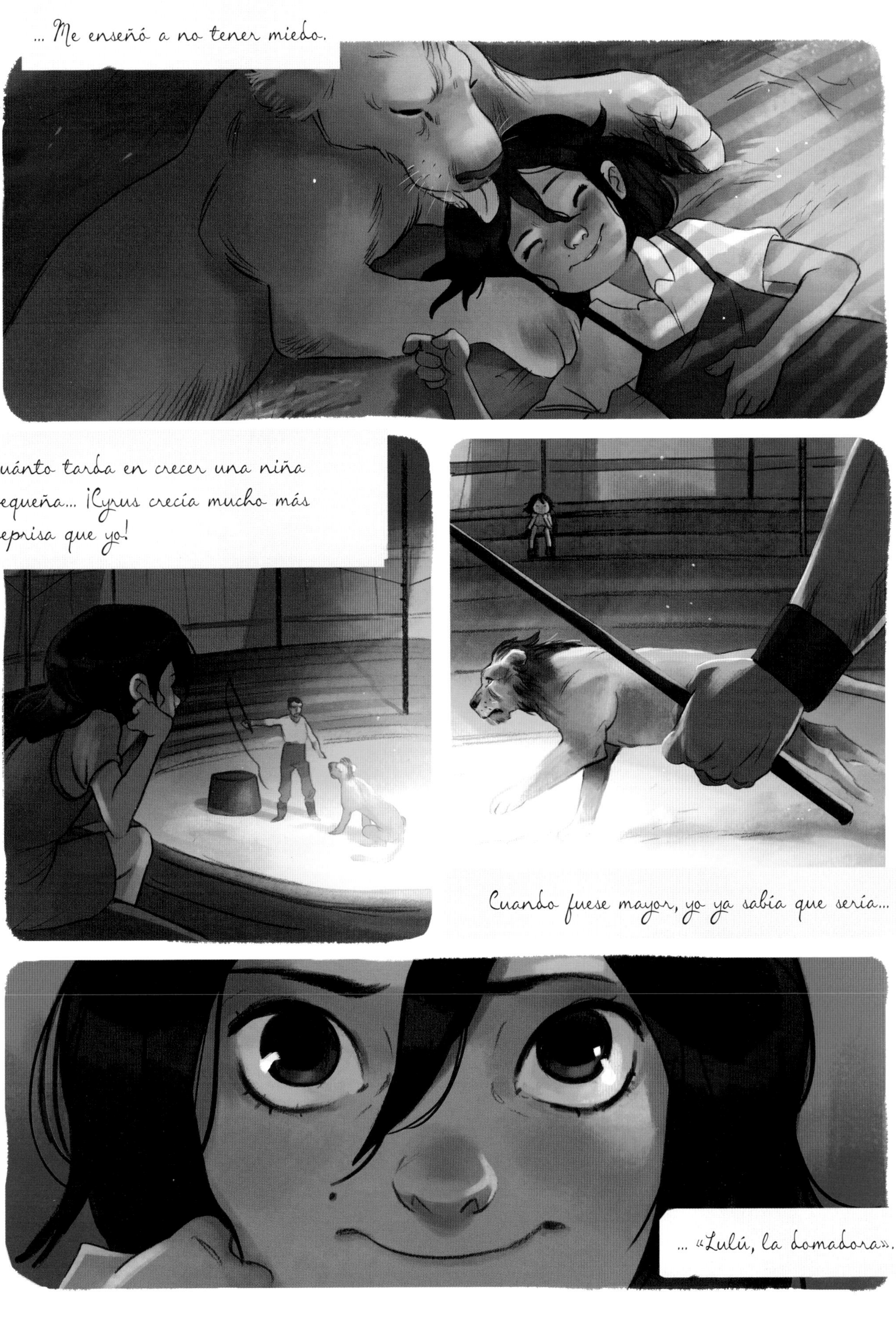
... Me enseñó a no tener miedo.
Cuánto tarda en crecer una niña pequeña... ¡Cyrus crecía mucho más deprisa que yo!
Cuando fuese mayor, yo ya sabía que sería...
... «Lulú, la domadora».

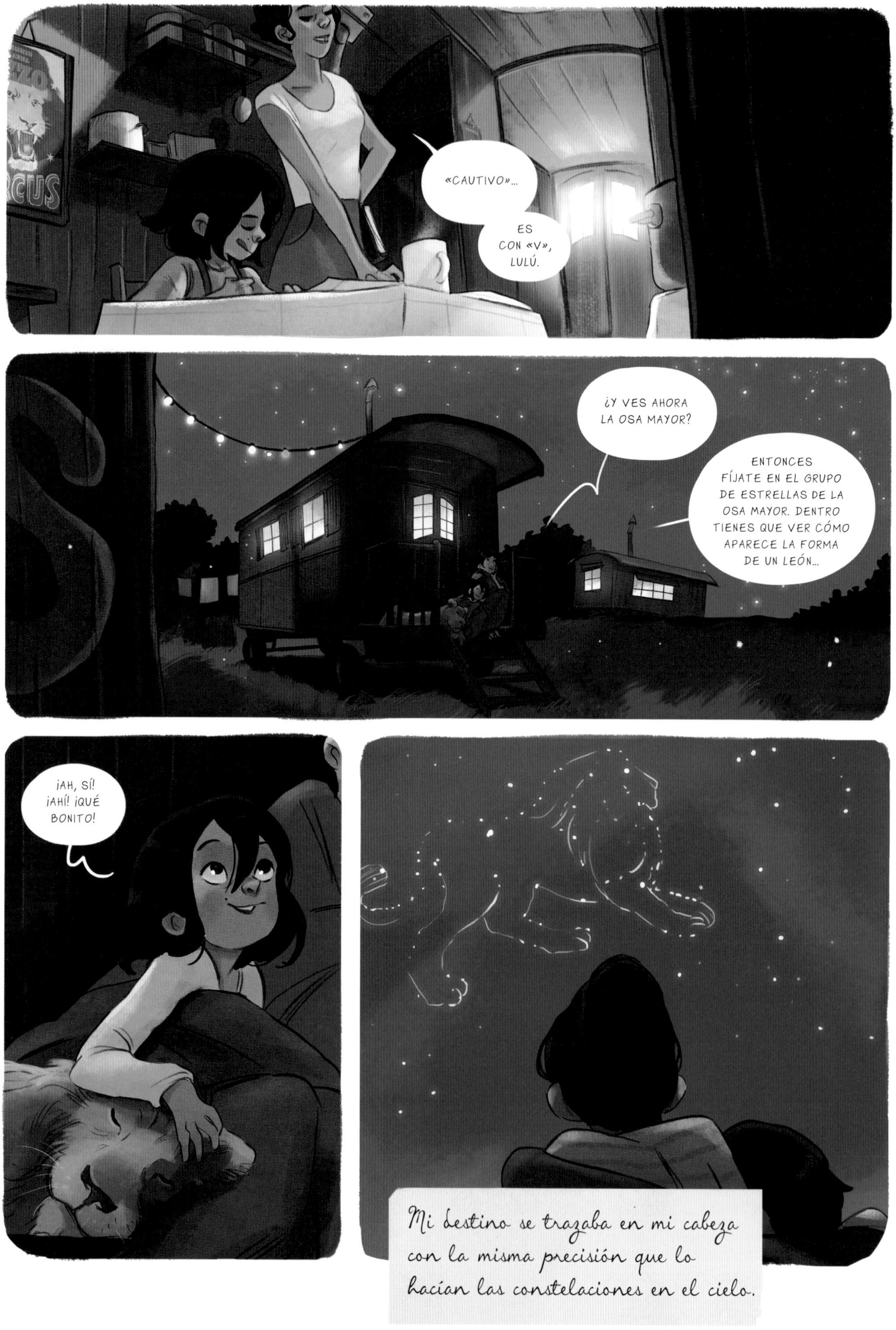
«CAUTIVO»...
ES CON «V», LULÚ.
¿Y VES AHORA LA OSA MAYOR?
ENTONCES FÍJATE EN EL GRUPO DE ESTRELLAS DE LA OSA MAYOR. DENTRO TIENES QUE VER CÓMO APARECE LA FORMA DE UN LEÓN...
¡AH, SÍ! ¡AHÍ! ¡QUÉ BONITO!
Mi destino se trazaba en mi cabeza con la misma precisión que lo hacían las constelaciones en el cielo.

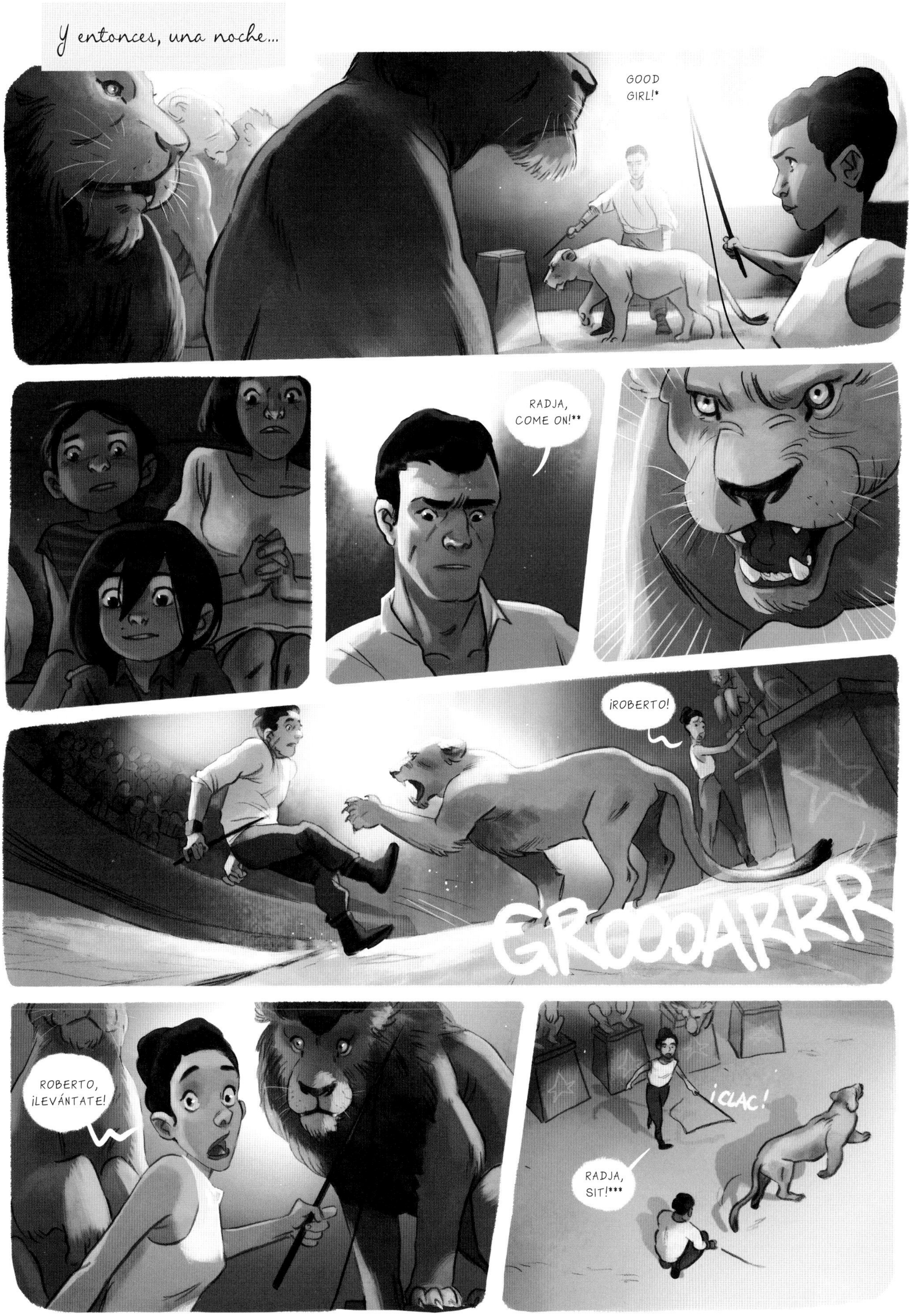
Y entonces, una noche...
GOOD GIRL!*
RADJA, COME ON!**
¡ROBERTO!
GROOOARRR
ROBERTO, ¡LEVÁNTATE!
¡CLAC!
RADJA, SIT!***

*¡BUENA CHICA!
**RADJA, ¡VENGA!
***RADJA, ¡SIÉNTATE!

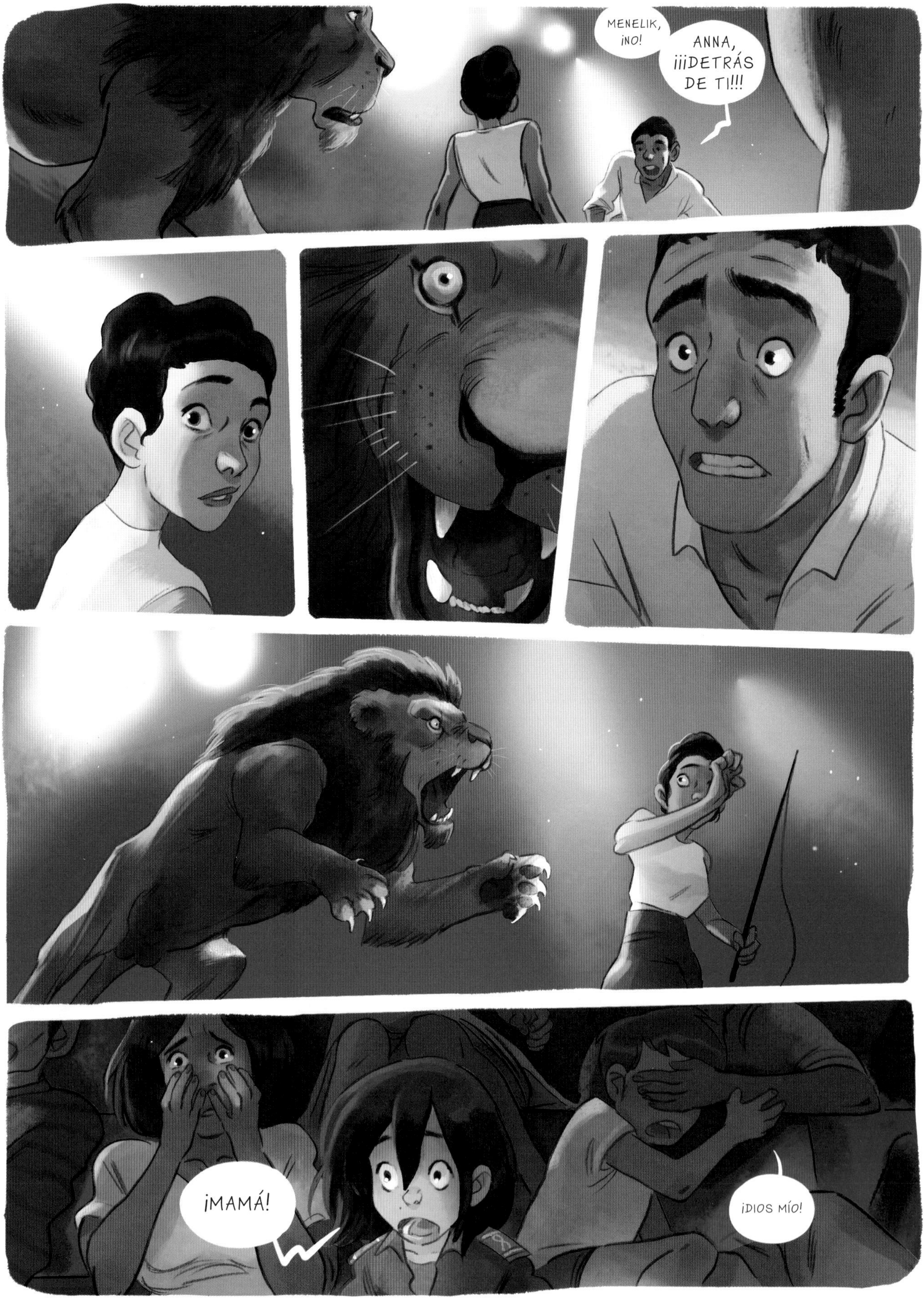
MENELIK, ¡NO!
ANNA, ¡¡¡DETRÁS DE TI!!!
¡MAMÁ!
¡DIOS MÍO!

Yo tenía nueve años cuando pasó aquello...

Después de la besaparición de mamá, papá hizo todo lo que pudo para alejarme de los animales. Me parecía muy injusto que me separaran de Cyrus. Por eso, cuando papá no miraba, me iba a verlo. No entendía a qué le tenía miedo papá.

Había sido Menelik el que había matado a mi madre, ¡no Cyrus! Y le habían castigado por lo que había hecho...*

Papá quería que yo pasara más tiempo estudiando, pero, como mamá no estaba allí para ayudarme, yo no tenía ninguna gana. De todas formas, no tenía la cabeza para eso... Yo lo que quería era entrenar a Cyrus.

Cuando estaba con él, sentía como si mamá estuviese todavía un poquito con nosotros.

*CUANDO UNA FIERA ATACA A UN DOMADOR, LA ABATEN O LA MANDAN A UN ZOO.

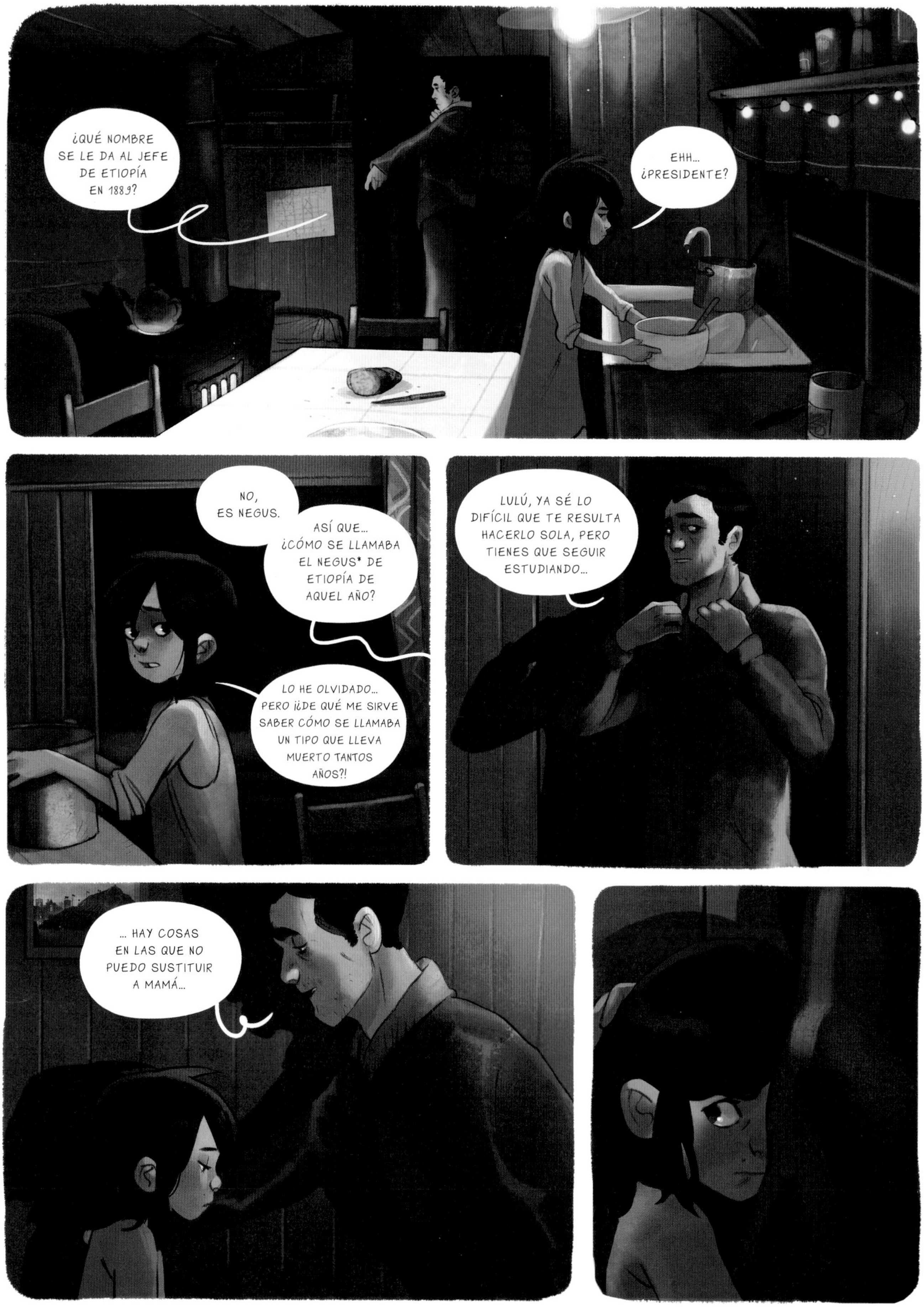
¿QUÉ NOMBRE SE LE DA AL JEFE DE ETIOPÍA EN 1889?
EHH... ¿PRESIDENTE?
NO, ES NEGUS.
ASÍ QUE... ¿CÓMO SE LLAMABA EL NEGUS* DE ETIOPÍA DE AQUEL AÑO?
LO HE OLVIDADO... PERO ¡¿DE QUÉ ME SIRVE SABER CÓMO SE LLAMABA UN TIPO QUE LLEVA MUERTO TANTOS AÑOS?!
LULÚ, YA SÉ LO DIFÍCIL QUE TE RESULTA HACERLO SOLA, PERO TIENES QUE SEGUIR ESTUDIANDO...
... HAY COSAS EN LAS QUE NO PUEDO SUSTITUIR A MAMÁ...

*TÍTULO NOBILIARIO ETÍOPE, EQUIVALENTE A REY. EL NEGUS EN 1889 ERA MENELIK II.

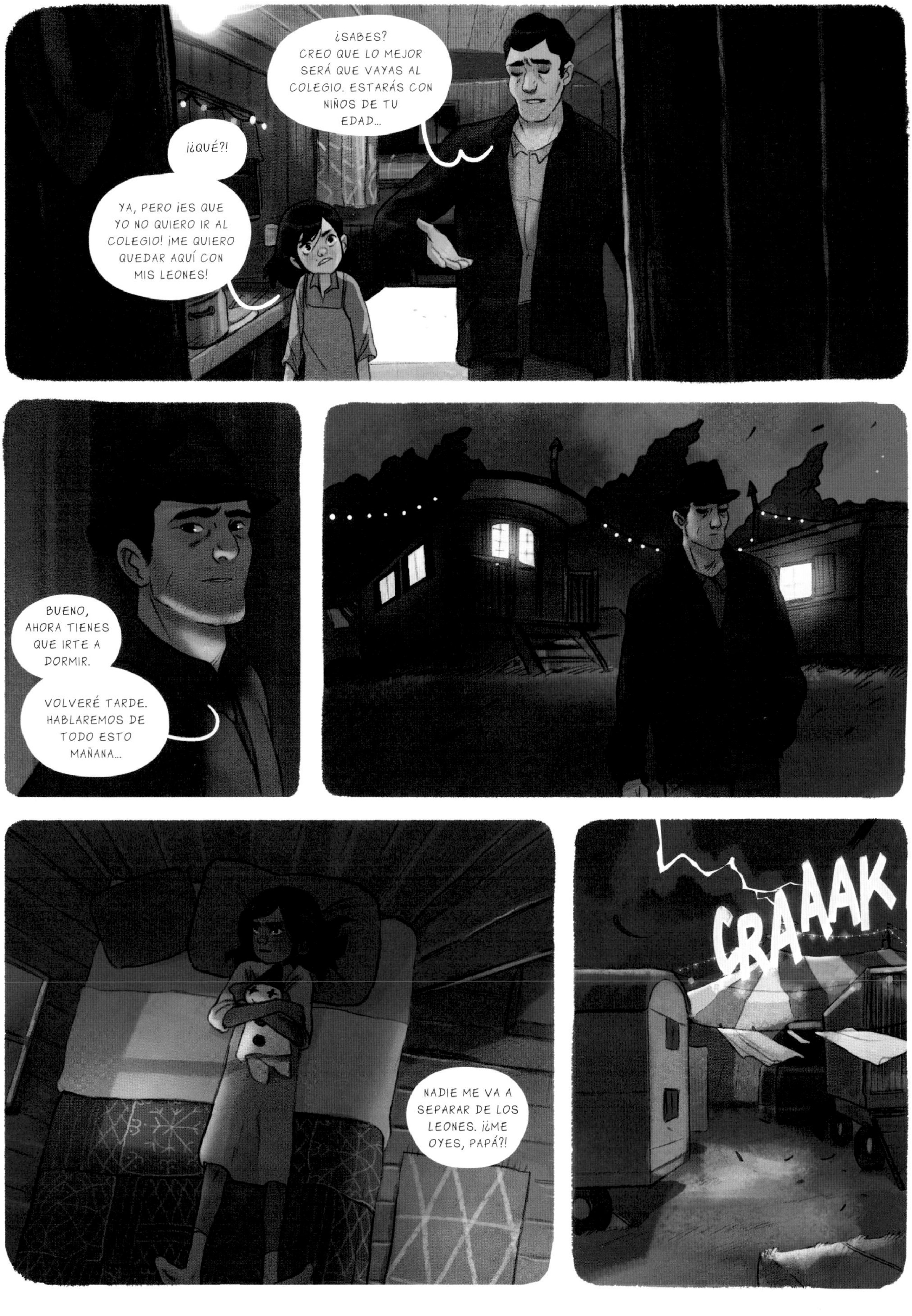
¿SABES? CREO QUE LO MEJOR SERÁ QUE VAYAS AL COLEGIO. ESTARÁS CON NIÑOS DE TU EDAD...
¡¿QUÉ?!
YA, PERO ¡ES QUE YO NO QUIERO IR AL COLEGIO! ¡ME QUIERO QUEDAR AQUÍ CON MIS LEONES!
BUENO, AHORA TIENES QUE IRTE A DORMIR.
VOLVERÉ TARDE. HABLAREMOS DE TODO ESTO MAÑANA...
NADIE ME VA A SEPARAR DE LOS LEONES. ¡¿ME OYES, PAPÁ?!
CRAAAK

Aquella noche, cuando papá me dejó sola en la caravana, el cielo estaba tan triste y enfadado como yo... Y sucedió otra tragedia...

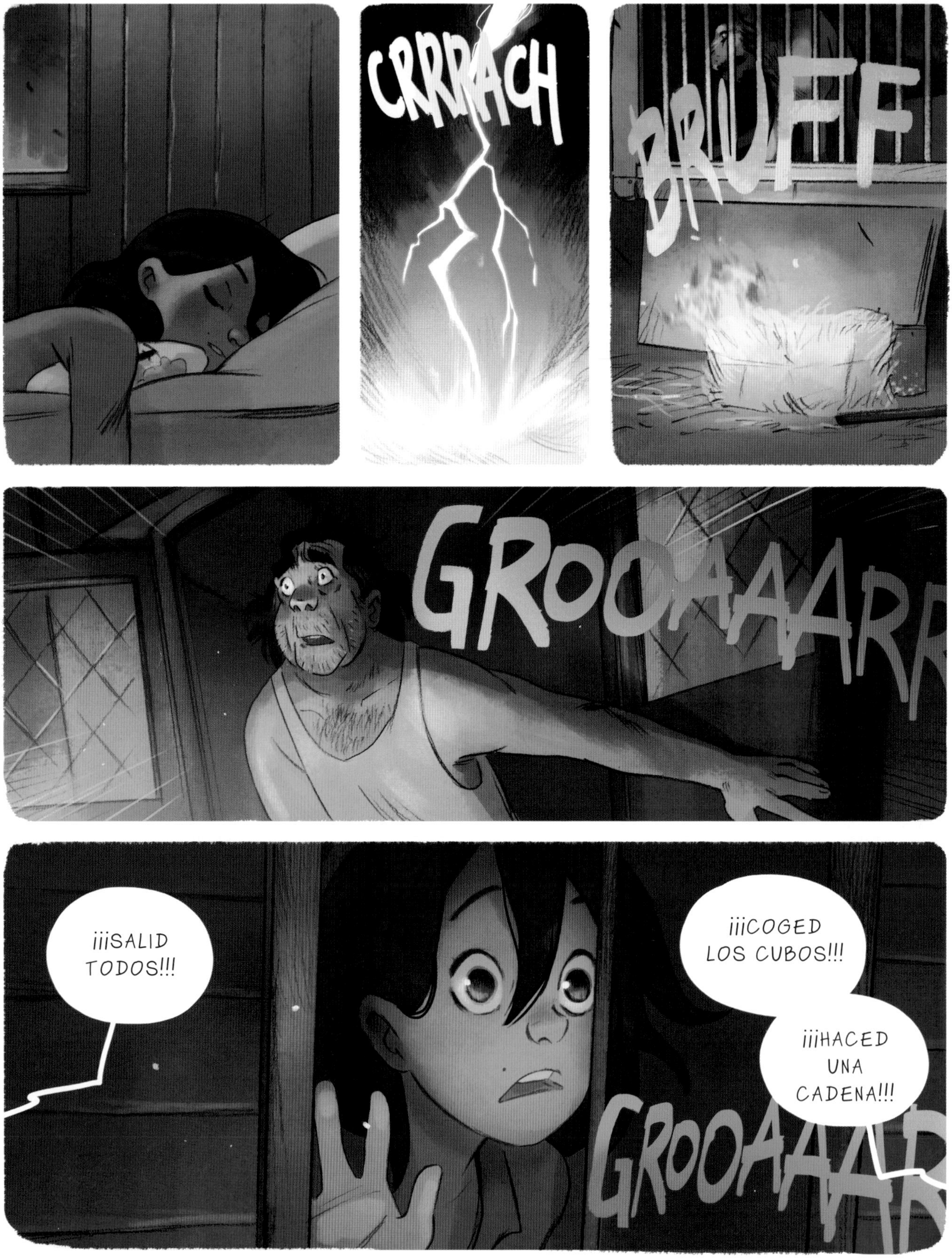
CRRRACH
BRUFFF
GROOAAARR
¡¡¡SALID TODOS!!!
¡¡¡COGED LOS CUBOS!!!
¡¡¡HACED UNA CADENA!!!
GROOAAAR

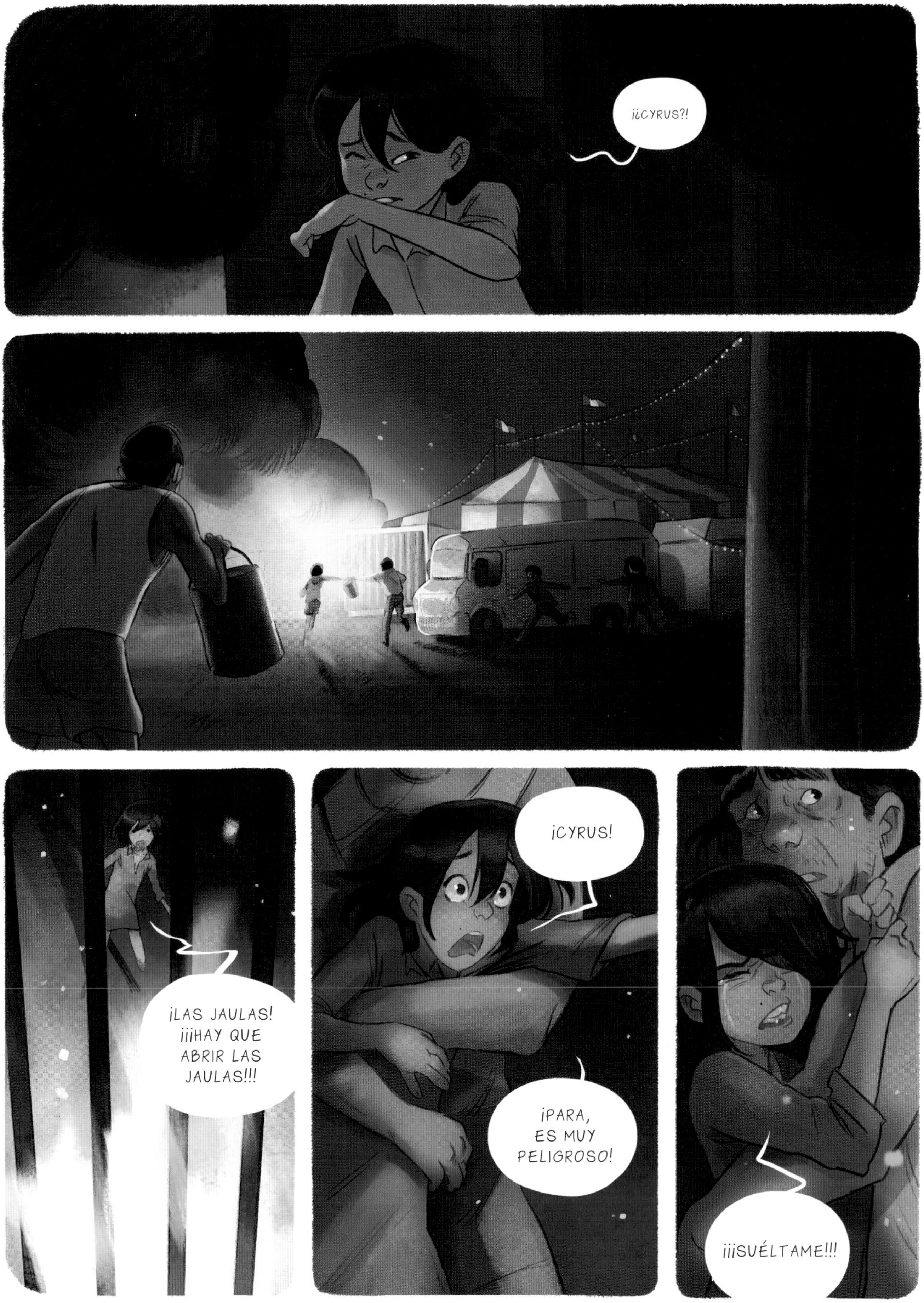
¡¿CYRUS?!
¡LAS JAULAS! ¡¡¡HAY QUE ABRIR LAS JAULAS!!!
¡CYRUS!
¡PARA, ES MUY PELIGROSO!
¡¡¡SUÉLTAME!!!

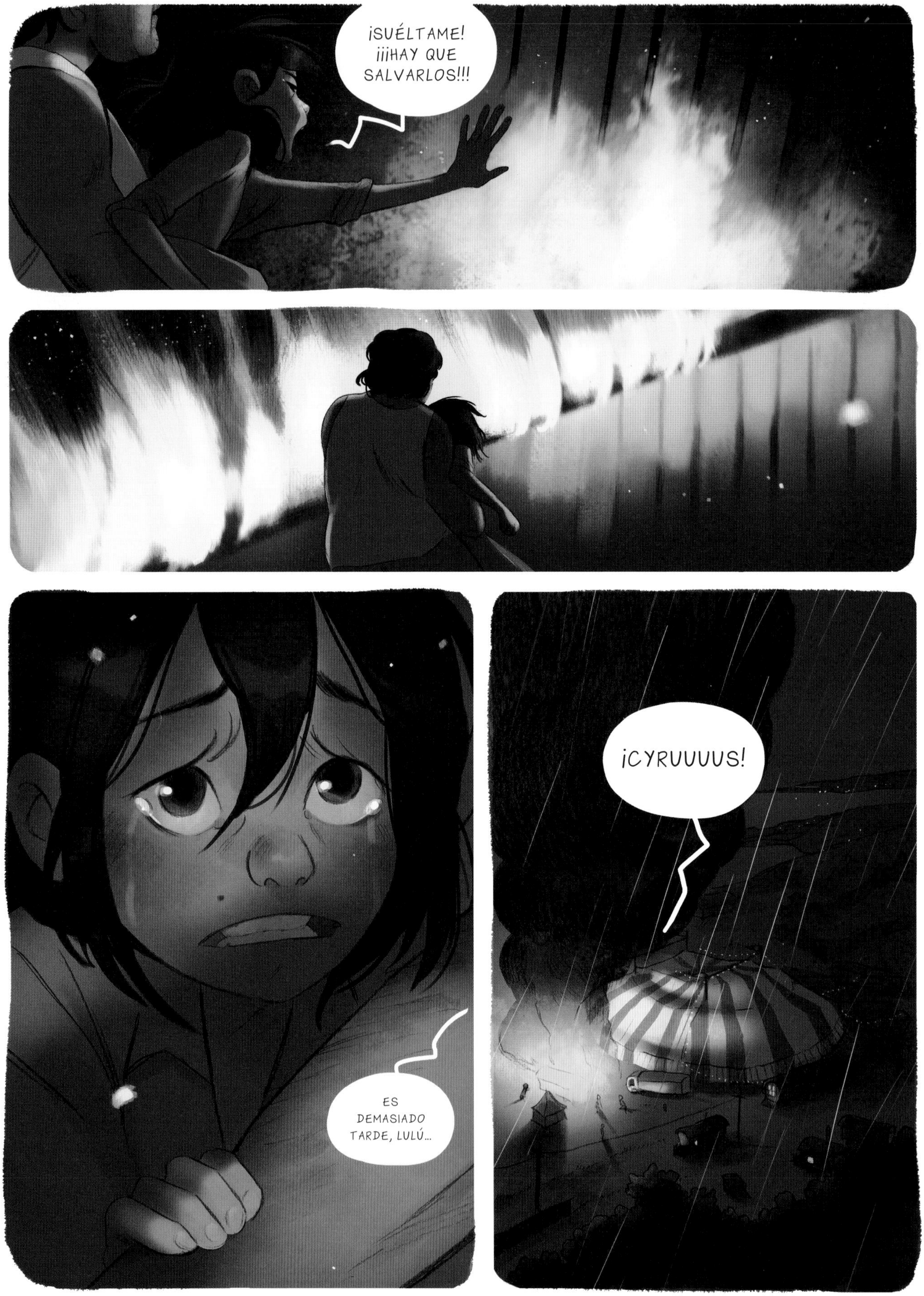
¡SUÉLTAME! ¡¡¡HAY QUE SALVARLOS!!!
ES DEMASIADO TARDE, LULÚ...
¡CYRUUUUS!

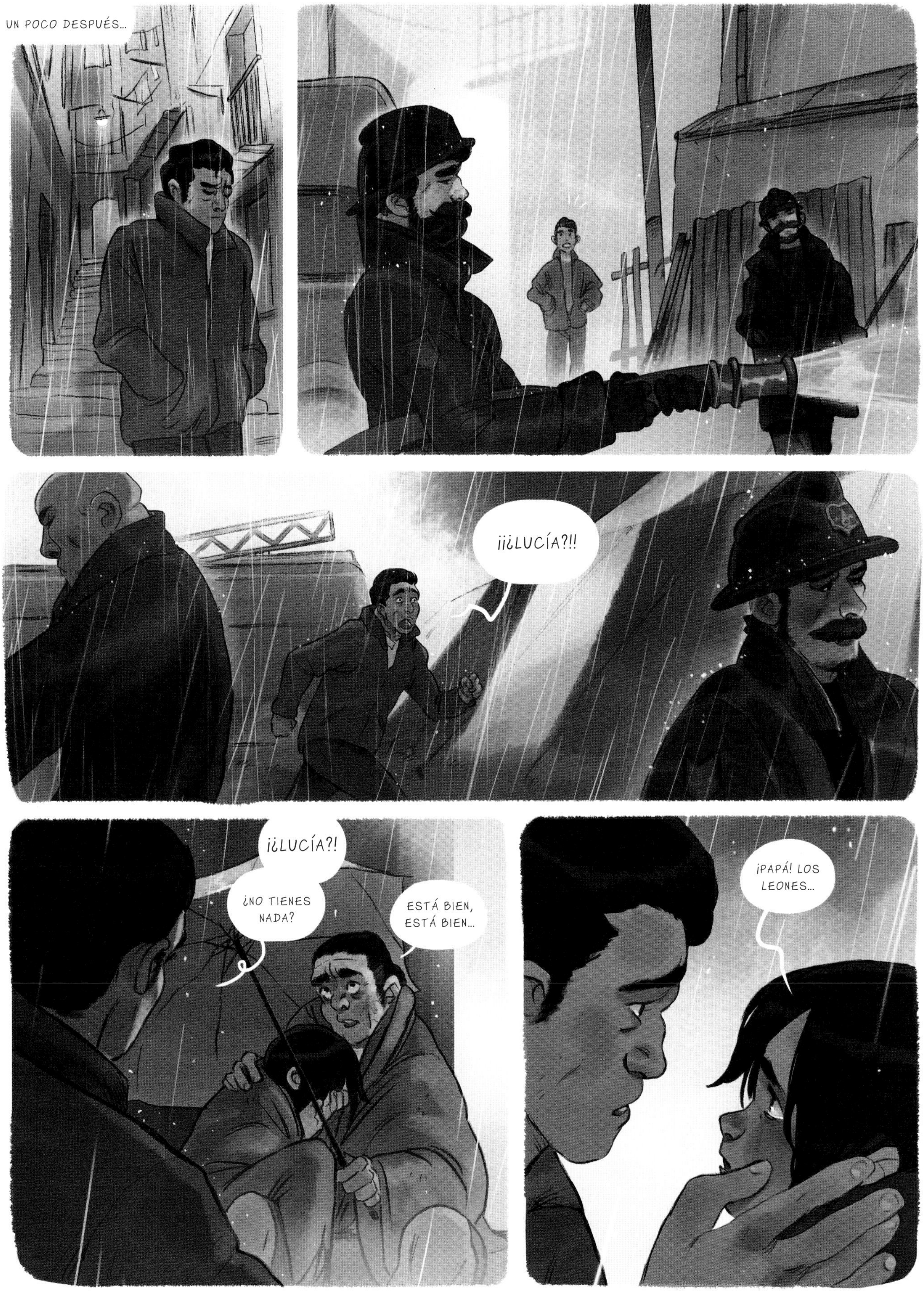
UN POCO DESPUÉS...
¡¡¿LUCÍA?!!
¡¿LUCÍA?!
¿NO TIENES NADA?
ESTÁ BIEN, ESTÁ BIEN...
¡PAPÁ! LOS LEONES...

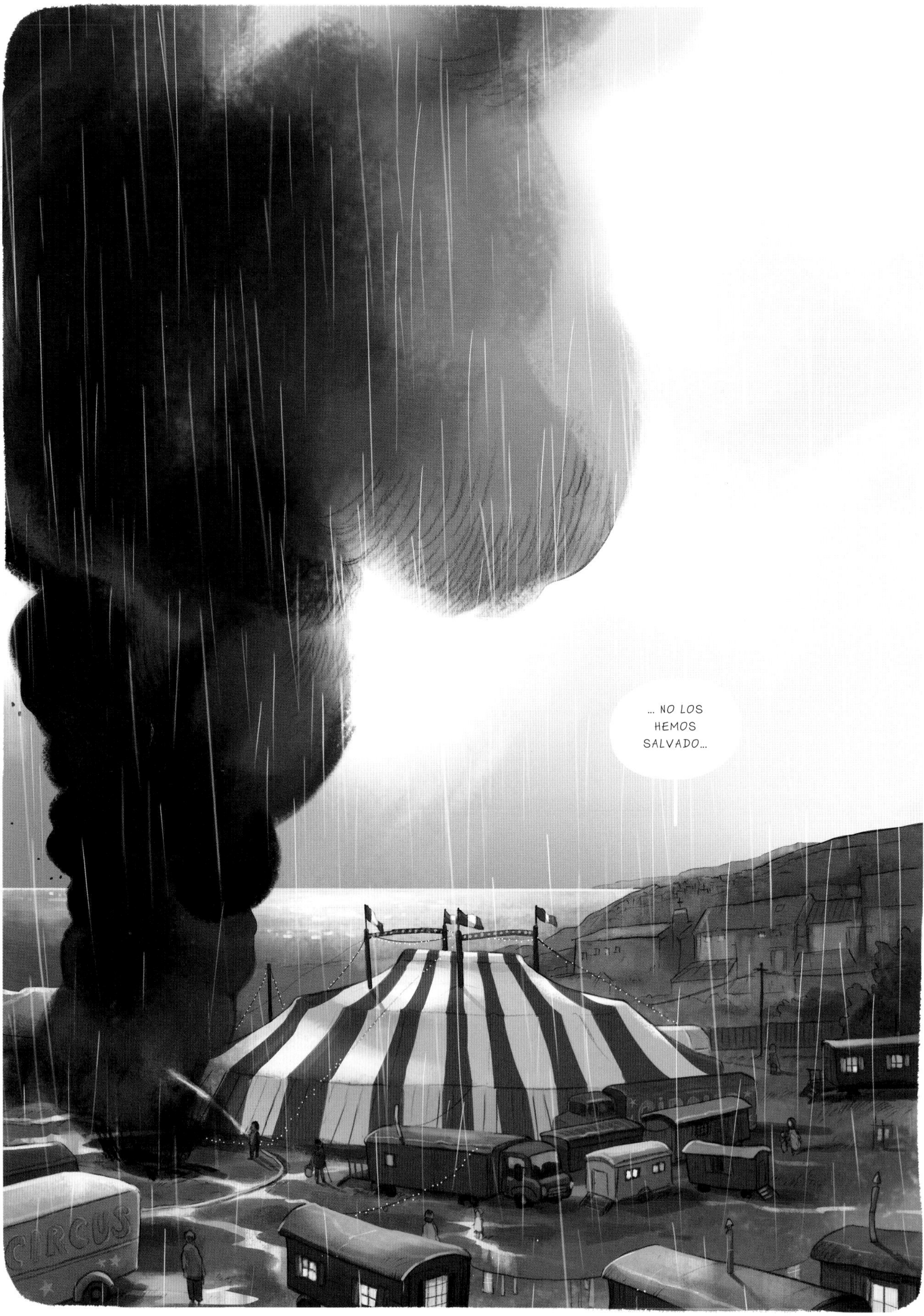
... NO LOS HEMOS SALVADO...
CIRCUS

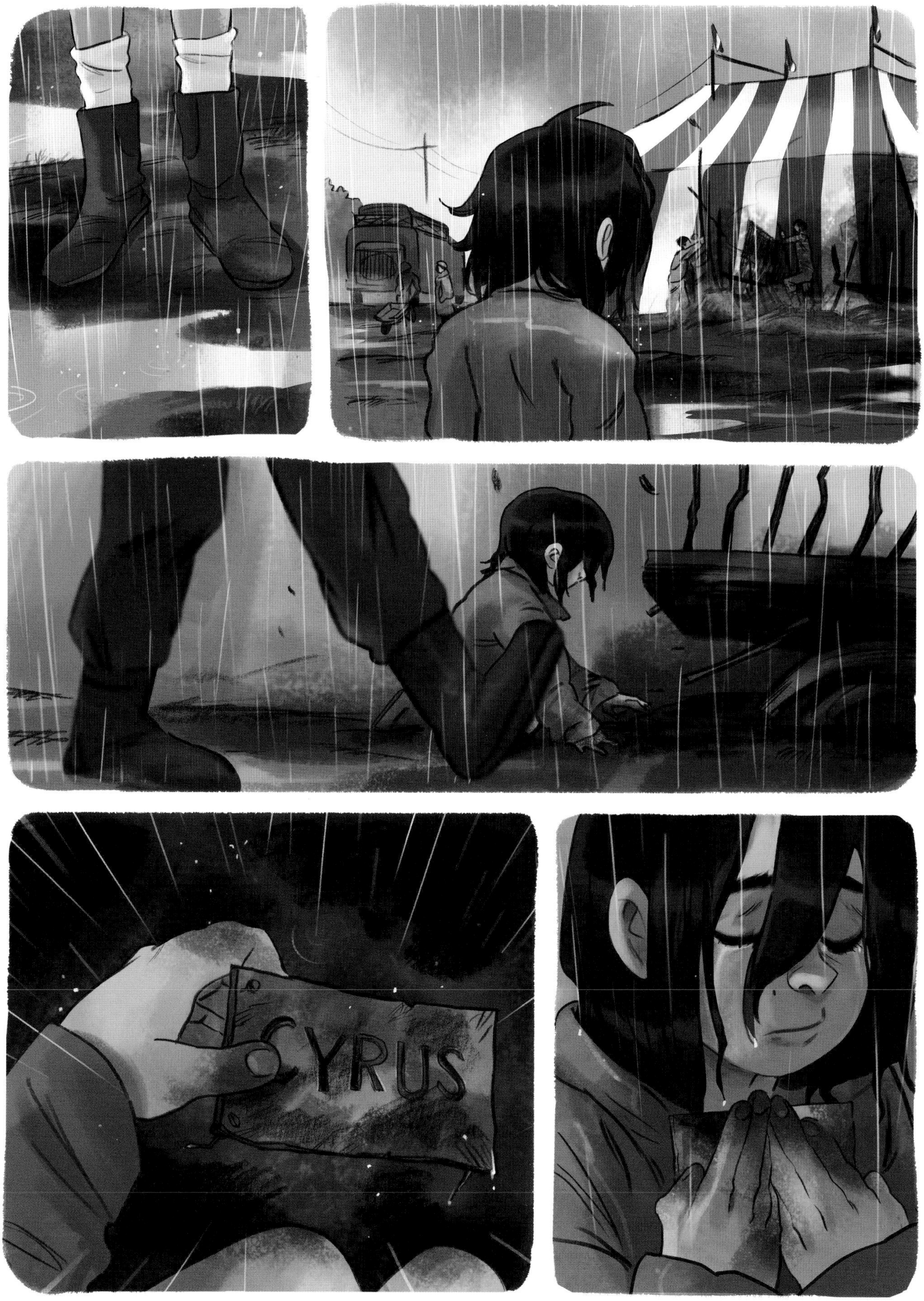
CYRUS

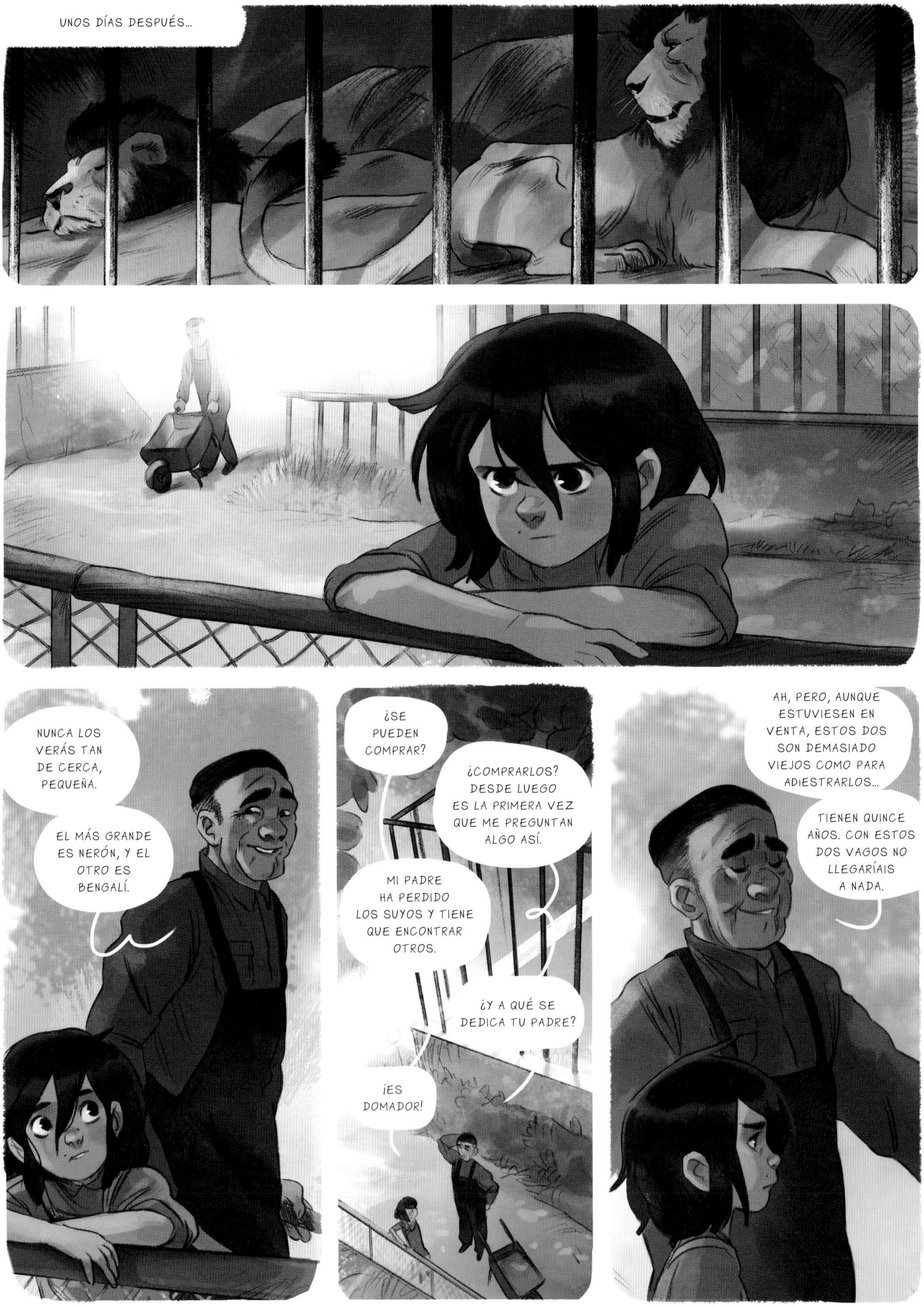
UNOS DÍAS DESPUÉS...
NUNCA LOS VERÁS TAN DE CERCA, PEQUEÑA.
EL MÁS GRANDE ES NERÓN, Y EL OTRO ES BENGALÍ.
¿SE PUEDEN COMPRAR?
¿COMPRARLOS? DESDE LUEGO ES LA PRIMERA VEZ QUE ME PREGUNTAN ALGO ASÍ.
MI PADRE HA PERDIDO LOS SUYOS Y TIENE QUE ENCONTRAR OTROS.
¿Y A QUÉ SE DEDICA TU PADRE?
¡ES DOMADOR!
AH, PERO, AUNQUE ESTUVIESEN EN VENTA, ESTOS DOS SON DEMASIADO VIEJOS COMO PARA ADIESTRARLOS...
TIENEN QUINCE AÑOS. CON ESTOS DOS VAGOS NO LLEGARÍAIS A NADA.

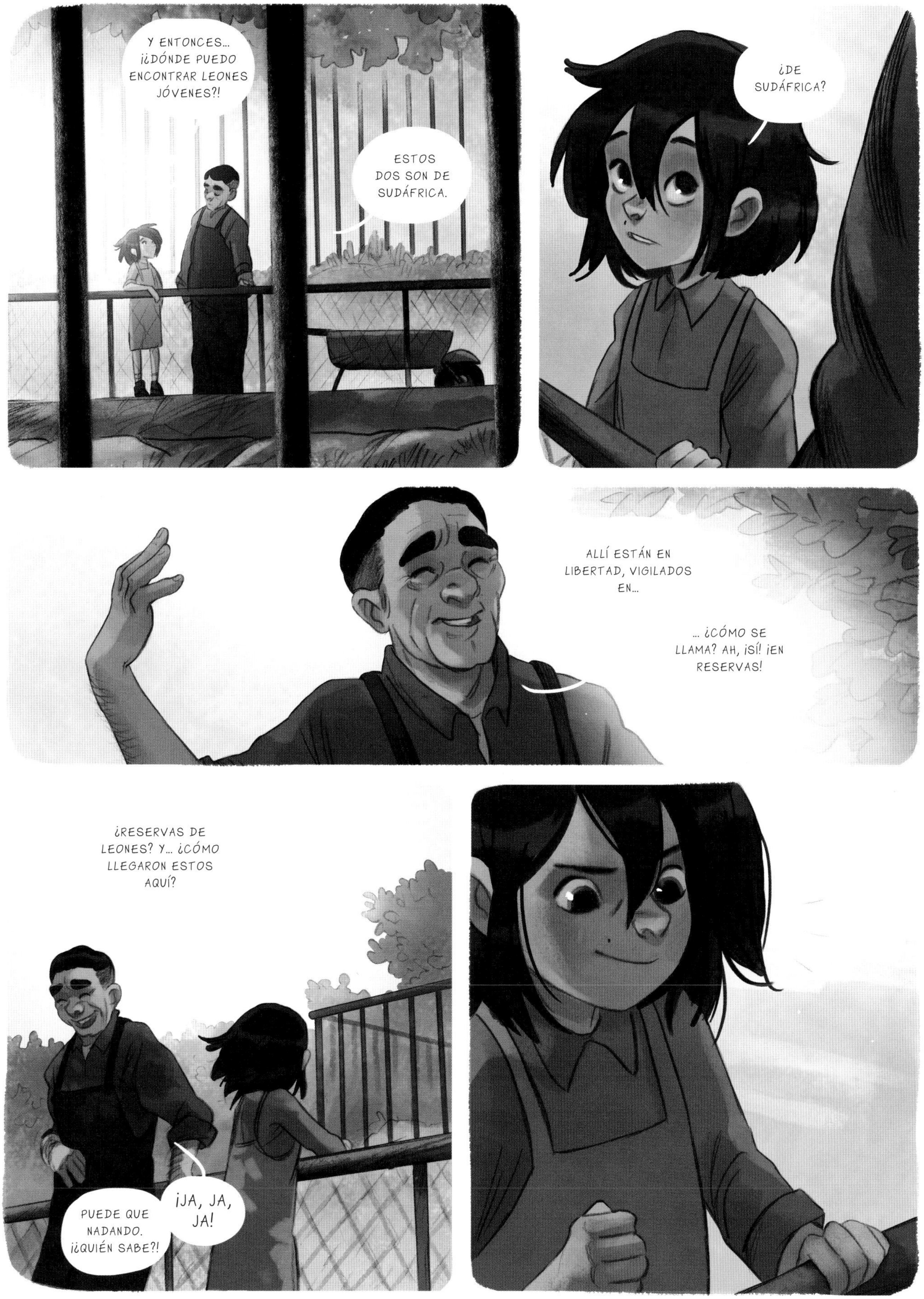
Y ENTONCES... ¡¿DÓNDE PUEDO ENCONTRAR LEONES JÓVENES?!
ESTOS DOS SON DE SUDÁFRICA.
¿DE SUDÁFRICA?
ALLÍ ESTÁN EN LIBERTAD, VIGILADOS EN...
... ¿CÓMO SE LLAMA? AH, ¡SÍ! ¡EN RESERVAS!
¿RESERVAS DE LEONES? Y... ¿CÓMO LLEGARON ESTOS AQUÍ?
¡JA, JA, JA!
PUEDE QUE NADANDO. ¡¿QUIÉN SABE?!

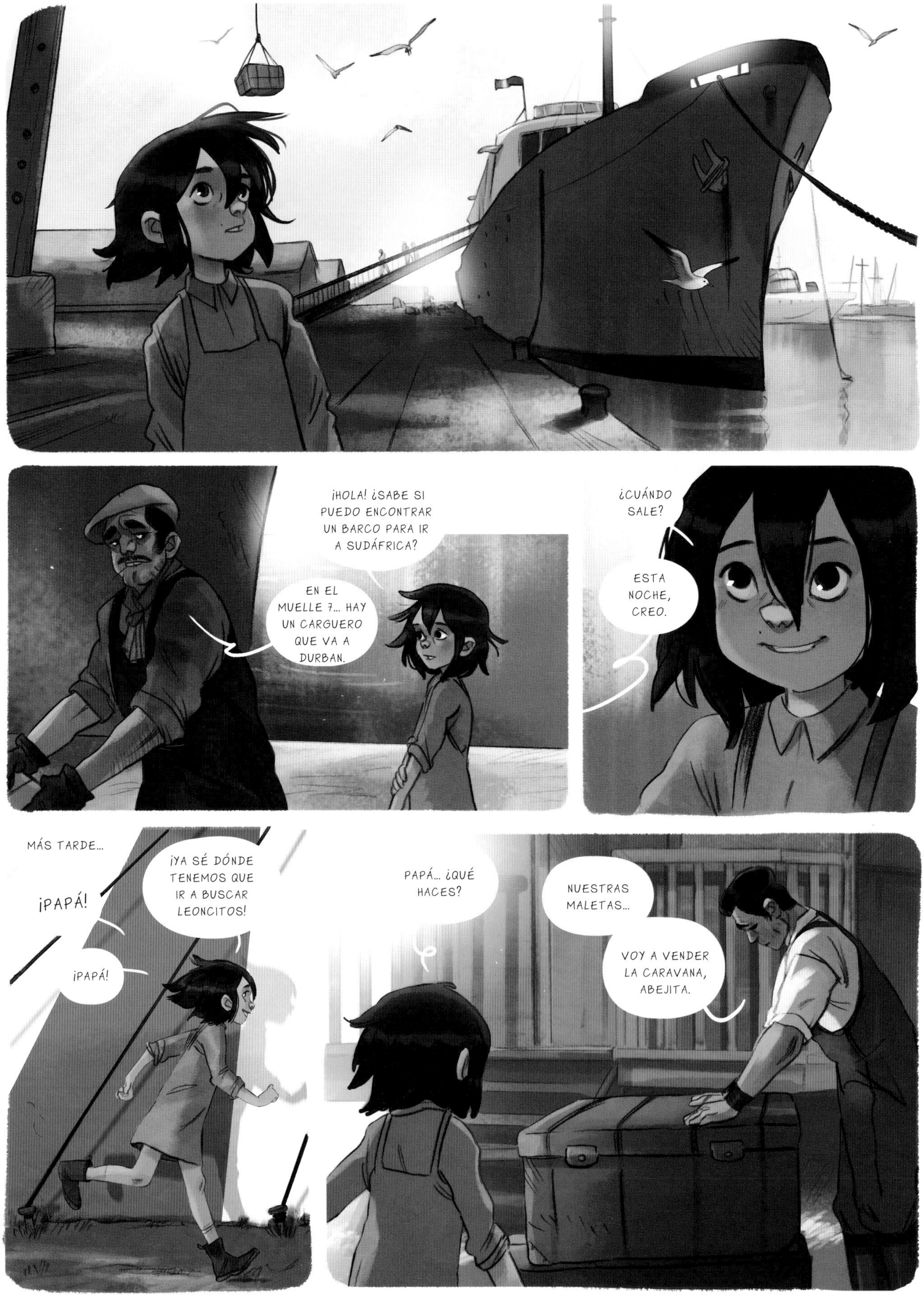
¡HOLA! ¿SABE SI PUEDO ENCONTRAR UN BARCO PARA IR A SUDÁFRICA?
EN EL MUELLE 7… HAY UN CARGUERO QUE VA A DURBAN.
¿CUÁNDO SALE?
ESTA NOCHE, CREO.
MÁS TARDE…
¡PAPÁ!
¡YA SÉ DÓNDE TENEMOS QUE IR A BUSCAR LEONCITOS!
¡PAPÁ!
PAPÁ… ¿QUÉ HACES?
NUESTRAS MALETAS…
VOY A VENDER LA CARAVANA, ABEJITA.

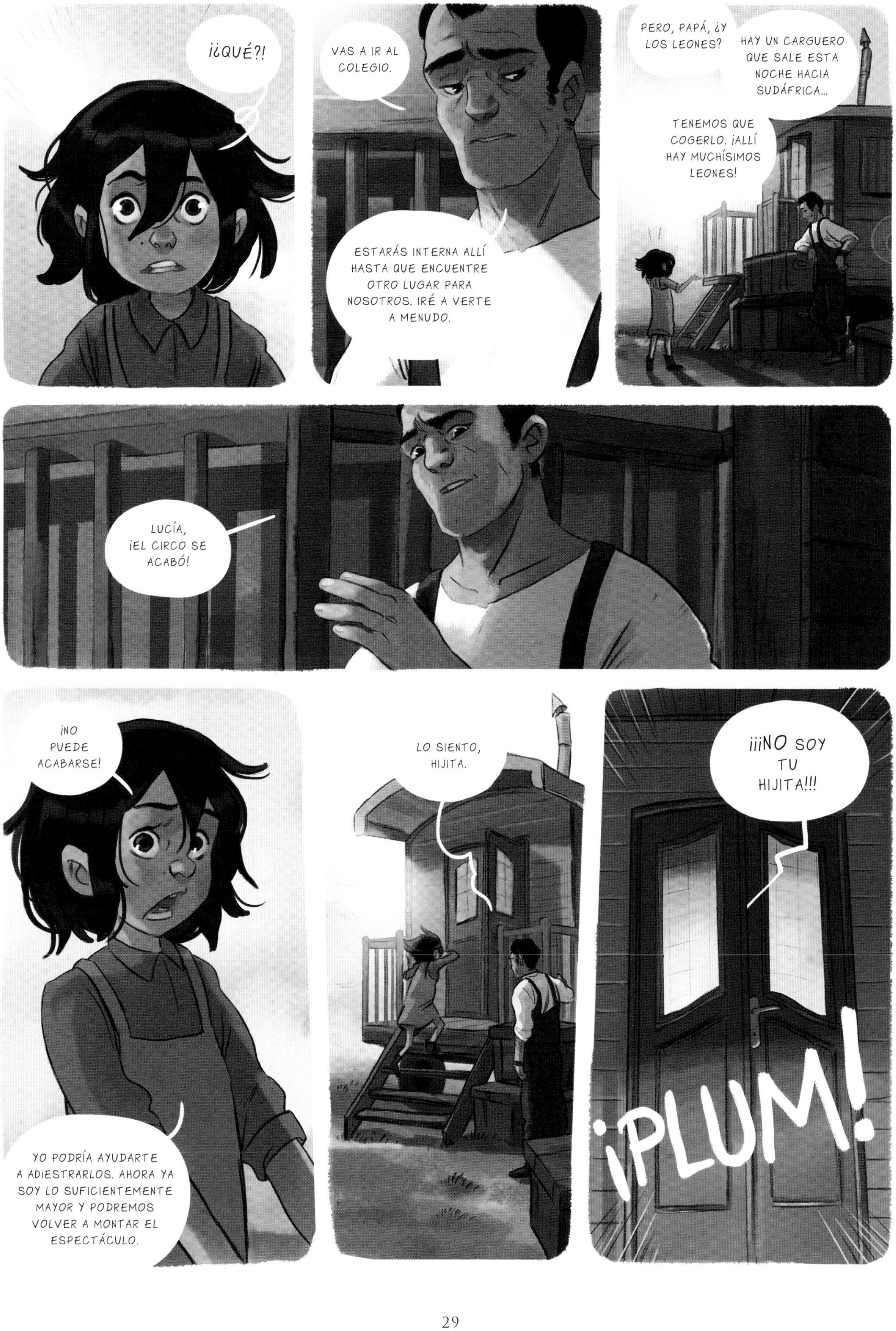
¡¿QUÉ?!
VAS A IR AL COLEGIO.
ESTARÁS INTERNA ALLÍ HASTA QUE ENCUENTRE OTRO LUGAR PARA NOSOTROS. IRÉ A VERTE A MENUDO.
PERO, PAPÁ, ¿Y LOS LEONES?
HAY UN CARGUERO QUE SALE ESTA NOCHE HACIA SUDÁFRICA...
TENEMOS QUE COGERLO. ¡ALLÍ HAY MUCHÍSIMOS LEONES!
LUCÍA, ¡EL CIRCO SE ACABÓ!
¡NO PUEDE ACABARSE!
YO PODRÍA AYUDARTE A ADIESTRARLOS. AHORA YA SOY LO SUFICIENTEMENTE MAYOR Y PODREMOS VOLVER A MONTAR EL ESPECTÁCULO.
LO SIENTO, HIJITA.
¡¡¡NO SOY TU HIJITA!!!
¡PLUM!

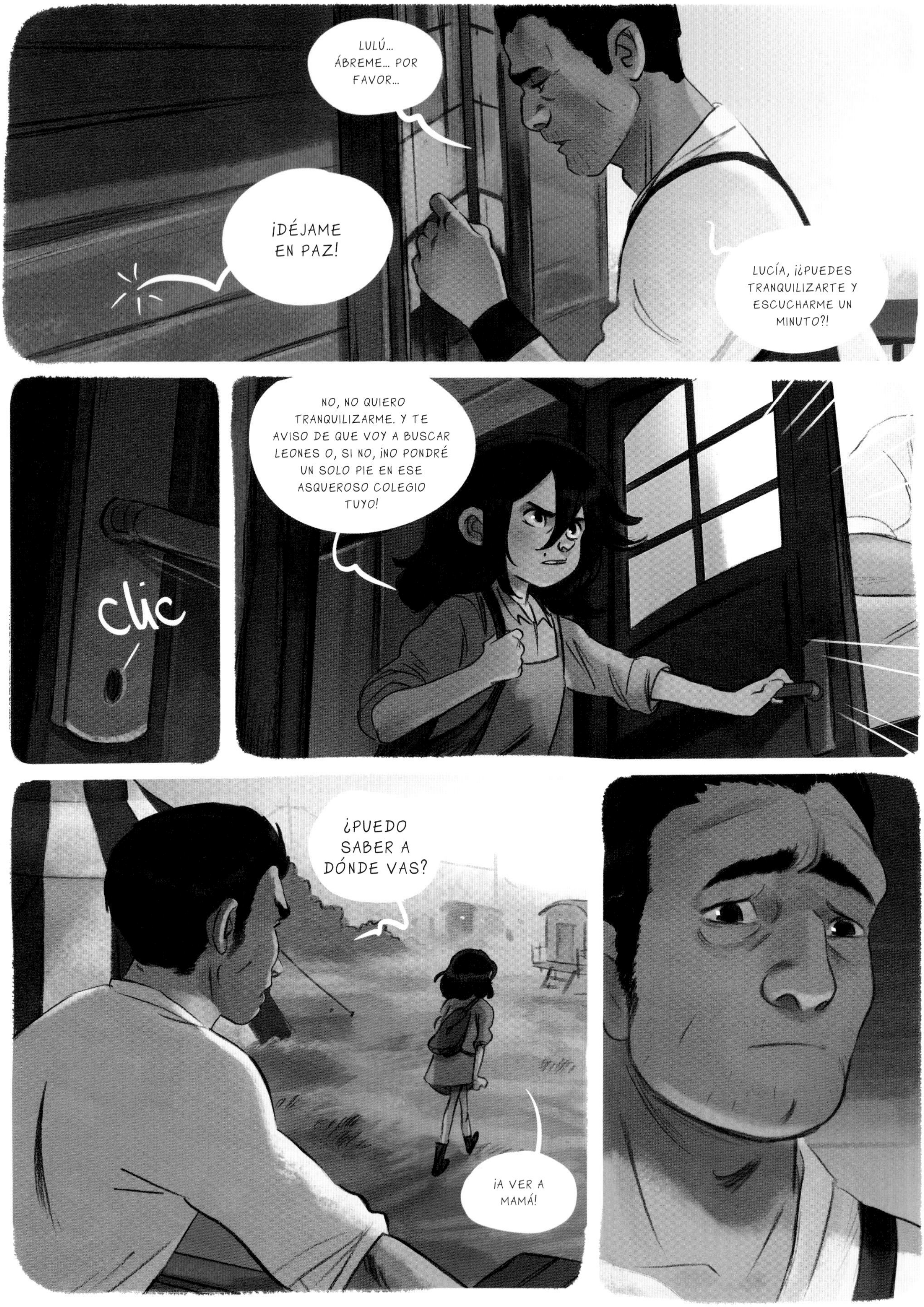
LULÚ...
ÁBREME... POR FAVOR...
¡DÉJAME EN PAZ!
LUCÍA, ¡¿PUEDES TRANQUILIZARTE Y ESCUCHARME UN MINUTO?!
CLIC
NO, NO QUIERO TRANQUILIZARME. Y TE AVISO DE QUE VOY A BUSCAR LEONES O, SI NO, ¡NO PONDRÉ UN SOLO PIE EN ESE ASQUEROSO COLEGIO TUYO!
¿PUEDO SABER A DÓNDE VAS?
¡A VER A MAMÁ!

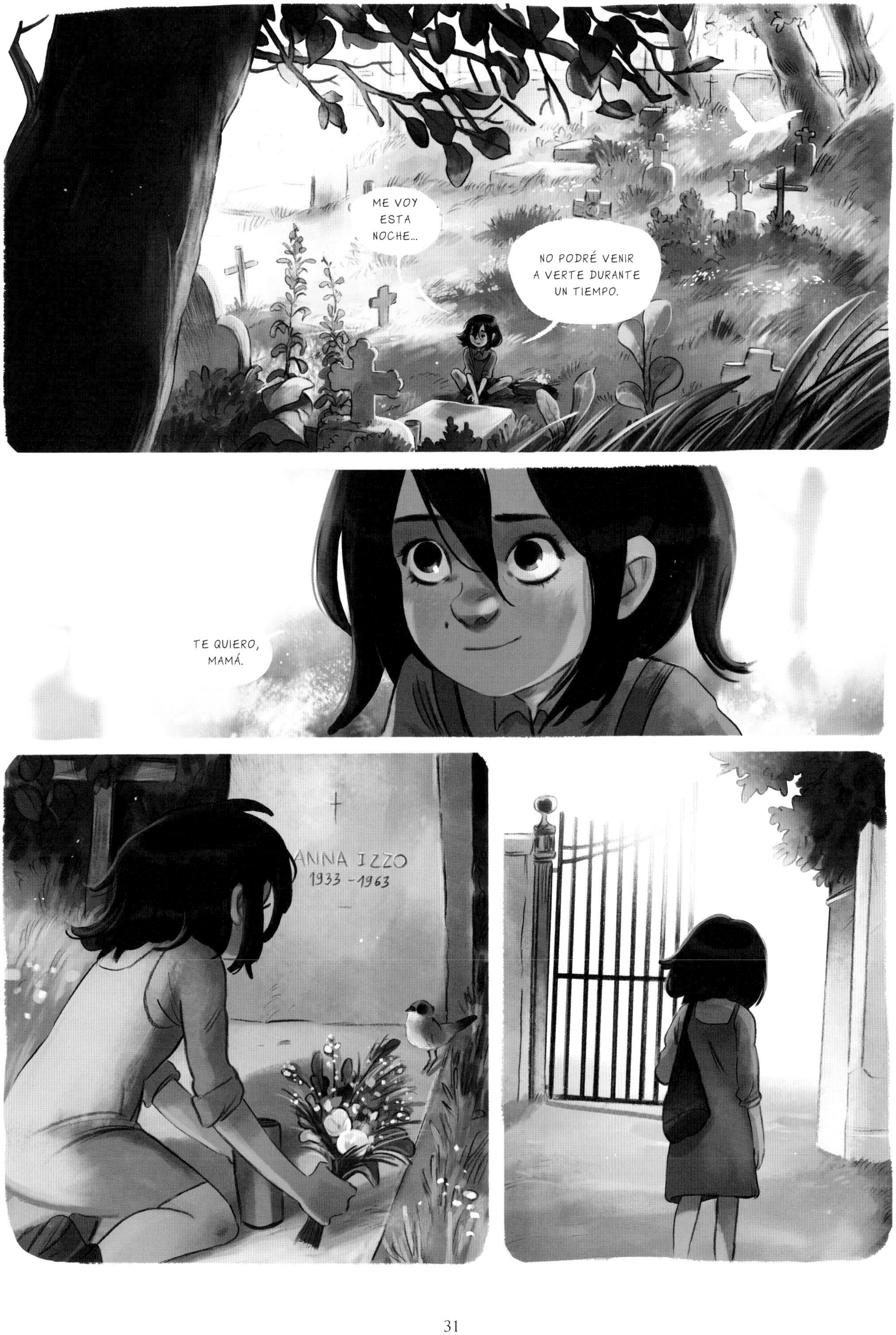
ME VOY
ESTA
NOCHE...
NO PODRÉ VENIR
A VERTE DURANTE
UN TIEMPO.
TE QUIERO,
MAMÁ.
ANNA IZZO
1933 - 1963

Papá había decidido que el circo se había acabado. Dejó que un león atacara a su mujer y no iba a permitir que otro me hiciese daño a mí... Eso es lo que le dijo a Vito, el director, cuando le avisó de que nos íbamos. Pero, para mí, quitarme el circo era como...

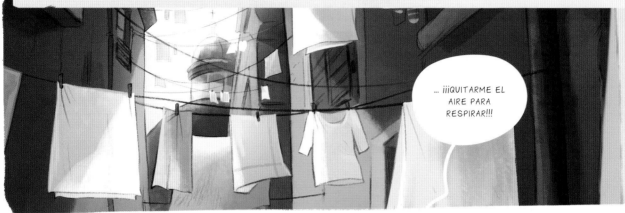

... ¡¡¡QUITARME EL AIRE PARA RESPIRAR!!!

NO QUIERO SENTARME EN LOS PUPITRES DE UN COLEGIO...

... Y APRENDER UN MONTÓN DE COSAS QUE NO ME SERVIRÁN DE NADA PARA CONVERTIRME EN DOMADORA.

ASÍ QUE SABES LO QUE HACES... ¿ESTÁS SEGURA?

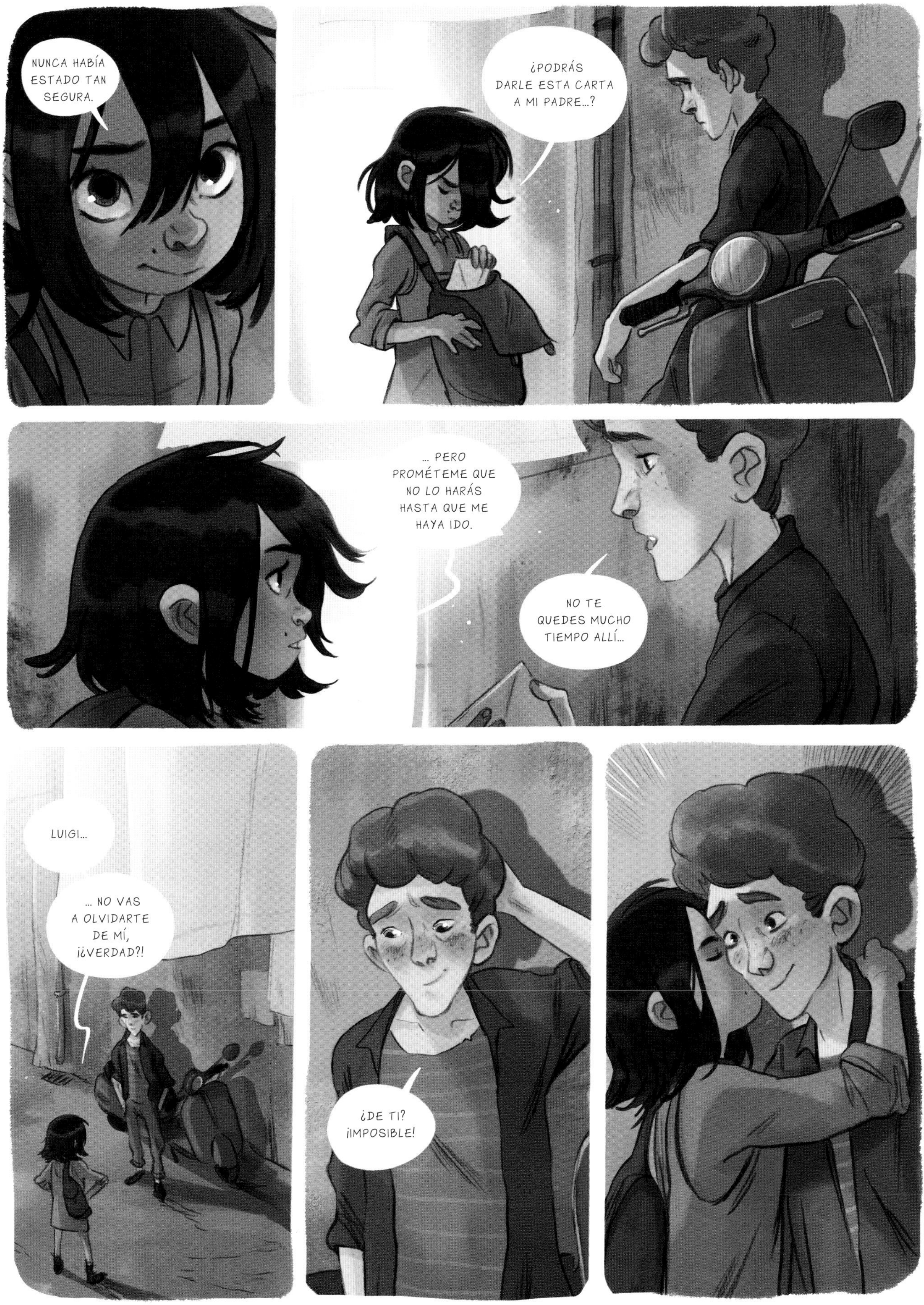
NUNCA HABÍA ESTADO TAN SEGURA.
¿PODRÁS DARLE ESTA CARTA A MI PADRE...?
... PERO PROMÉTEME QUE NO LO HARÁS HASTA QUE ME HAYA IDO.
NO TE QUEDES MUCHO TIEMPO ALLÍ...
LUIGI...
... NO VAS A OLVIDARTE DE MÍ, ¡¿VERDAD?!
¿DE TI? ¡IMPOSIBLE!

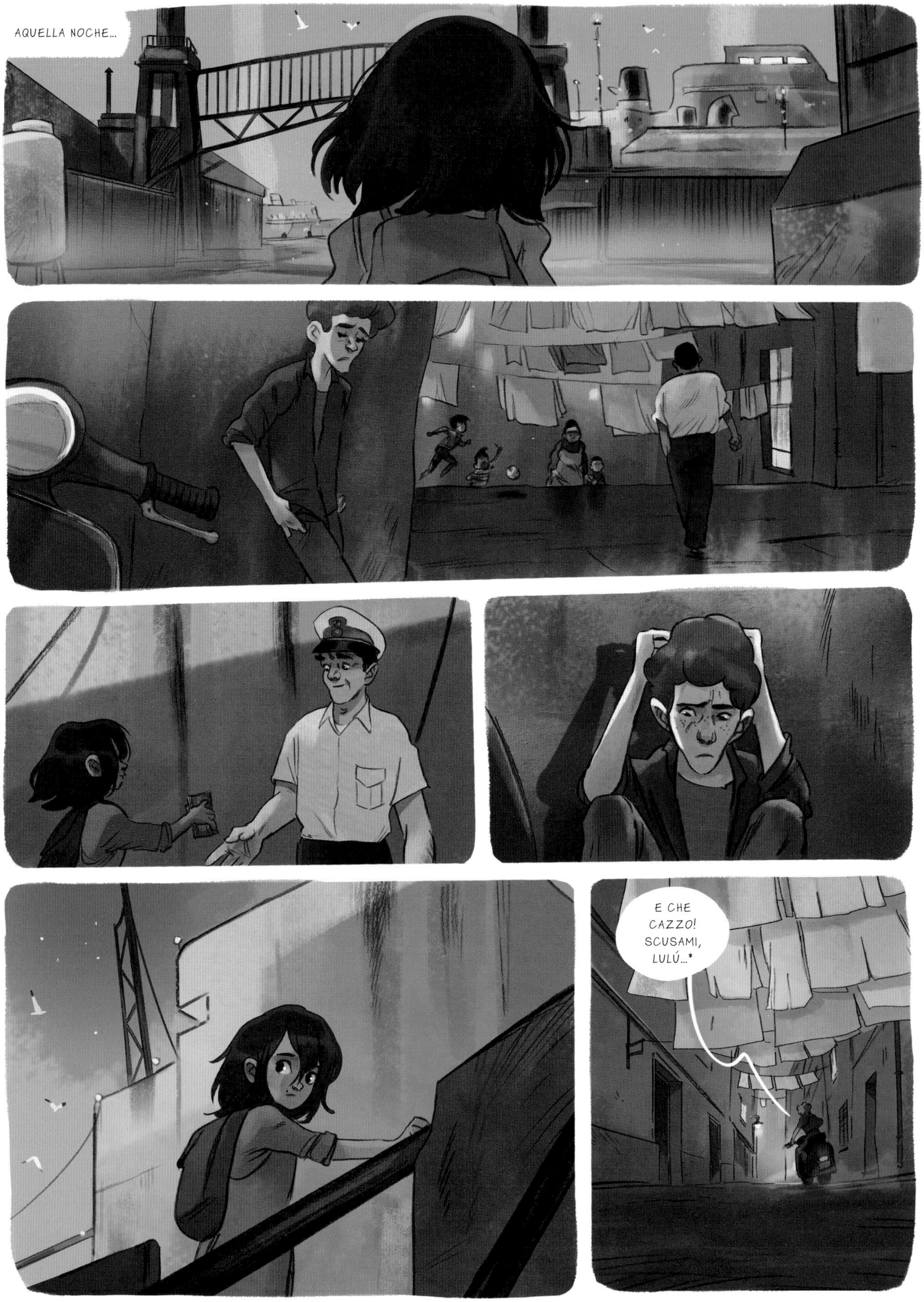
AQUELLA NOCHE...
E CHE CAZZO! SCUSAMI, LULÚ...*

*¡OH, MIERDA! PERDÓNAME, LULÚ...

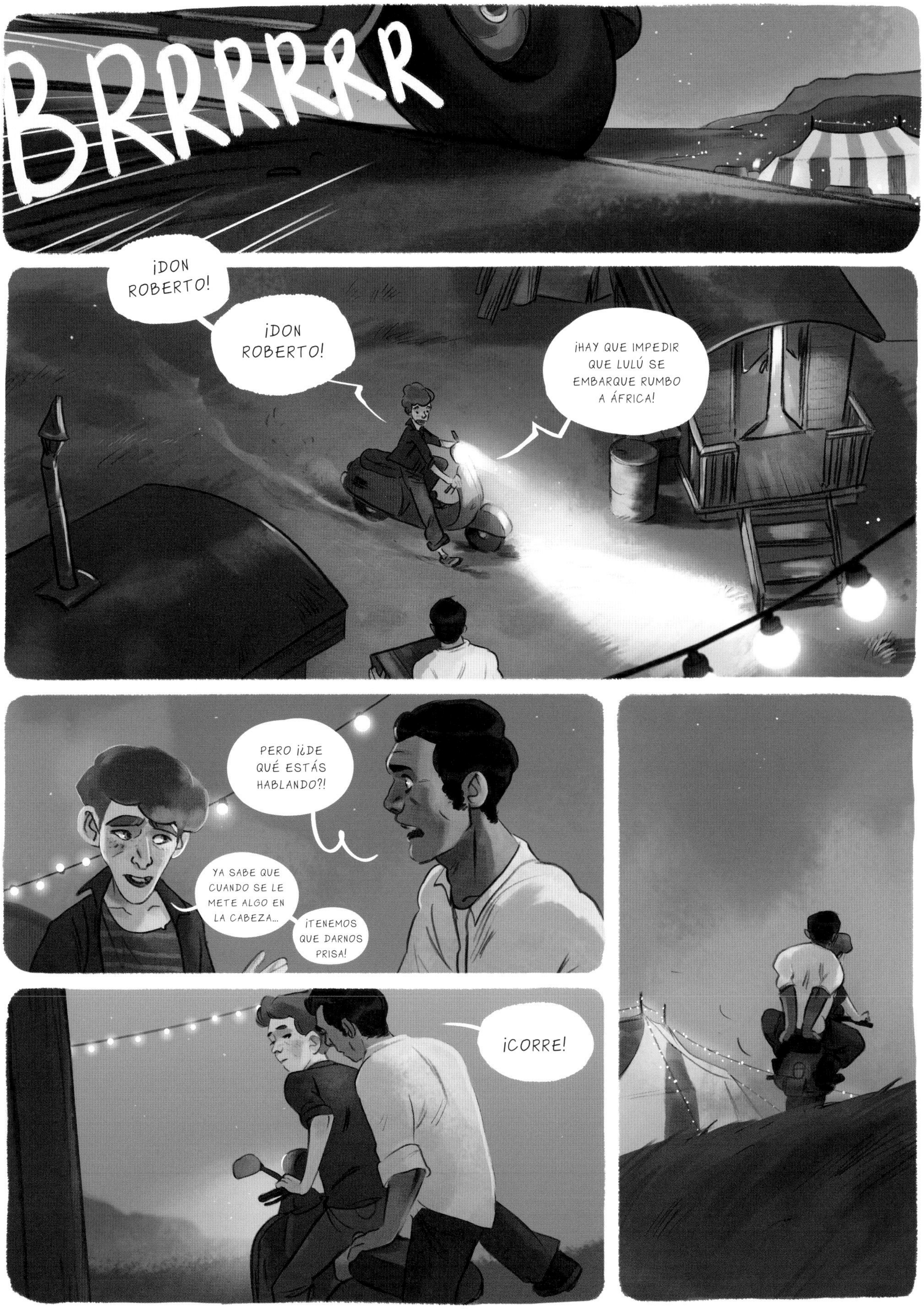
BRRRRRR
¡DON ROBERTO!
¡DON ROBERTO!
¡HAY QUE IMPEDIR QUE LULÚ SE EMBARQUE RUMBO A ÁFRICA!
PERO ¡¿DE QUÉ ESTÁS HABLANDO?!
YA SABE QUE CUANDO SE LE METE ALGO EN LA CABEZA...
¡TENEMOS QUE DARNOS PRISA!
¡CORRE!

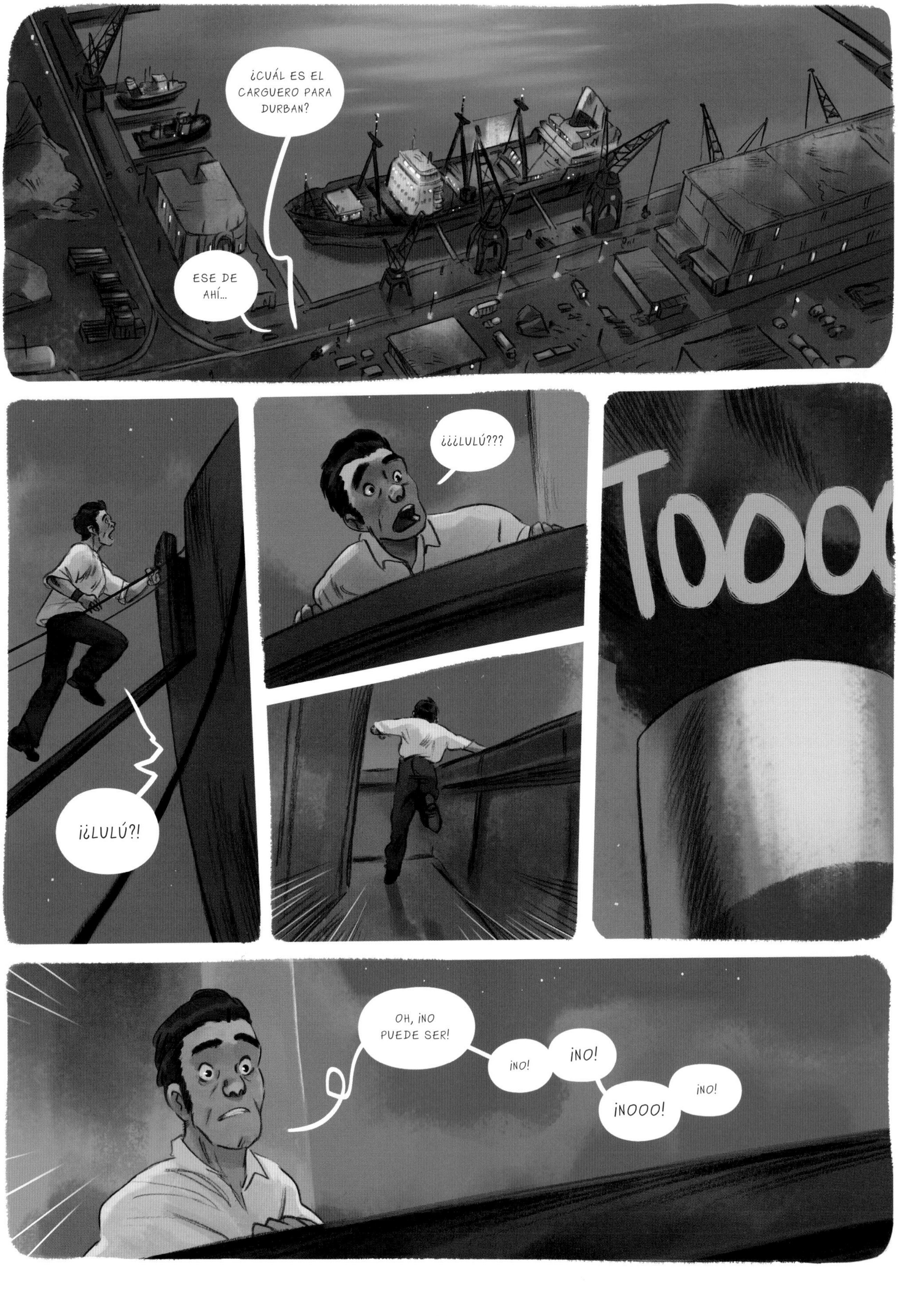
¿CUÁL ES EL CARGUERO PARA DURBAN?
ESE DE AHÍ...
¡¿LULÚ?!
¿¿¿LULÚ???
TOOO
OH, ¡NO PUEDE SER!
¡NO!
¡NO!
¡NOOO!
¡NO!

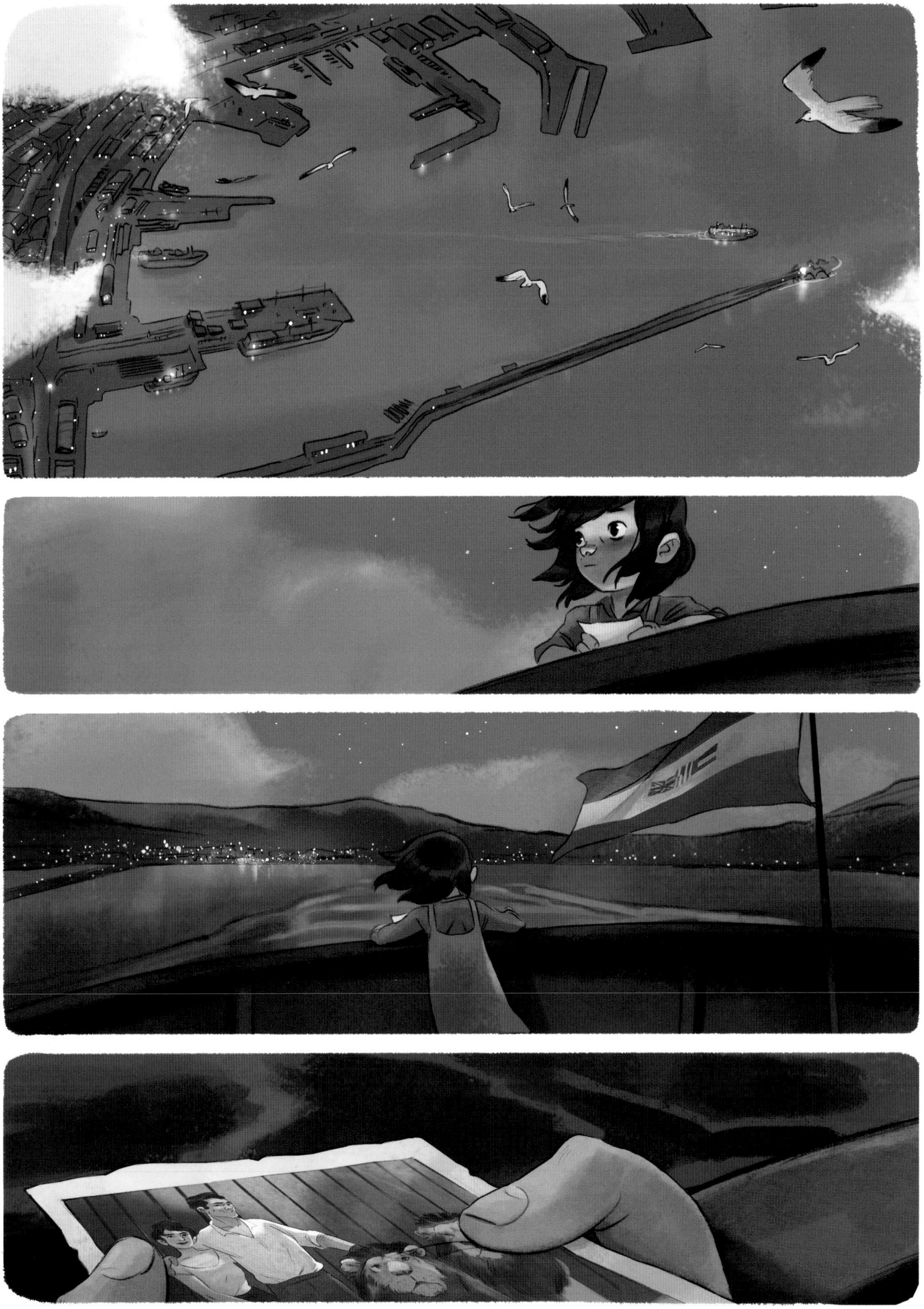

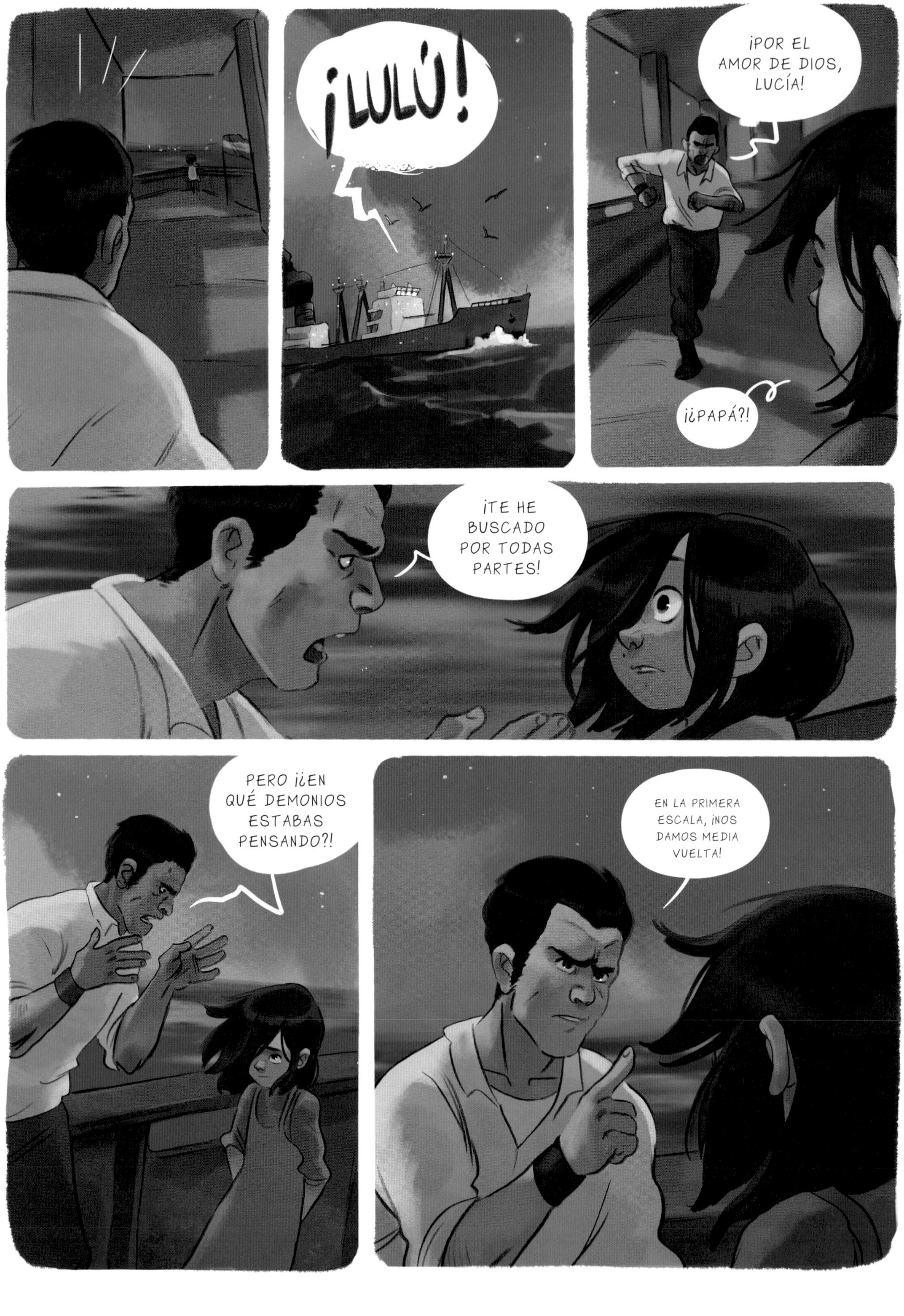
¡LULÚ!
¡POR EL AMOR DE DIOS, LUCÍA!
¡¿PAPÁ?!
¡TE HE BUSCADO POR TODAS PARTES!
PERO ¡¿EN QUÉ DEMONIOS ESTABAS PENSANDO?!
EN LA PRIMERA ESCALA, ¡NOS DAMOS MEDIA VUELTA!

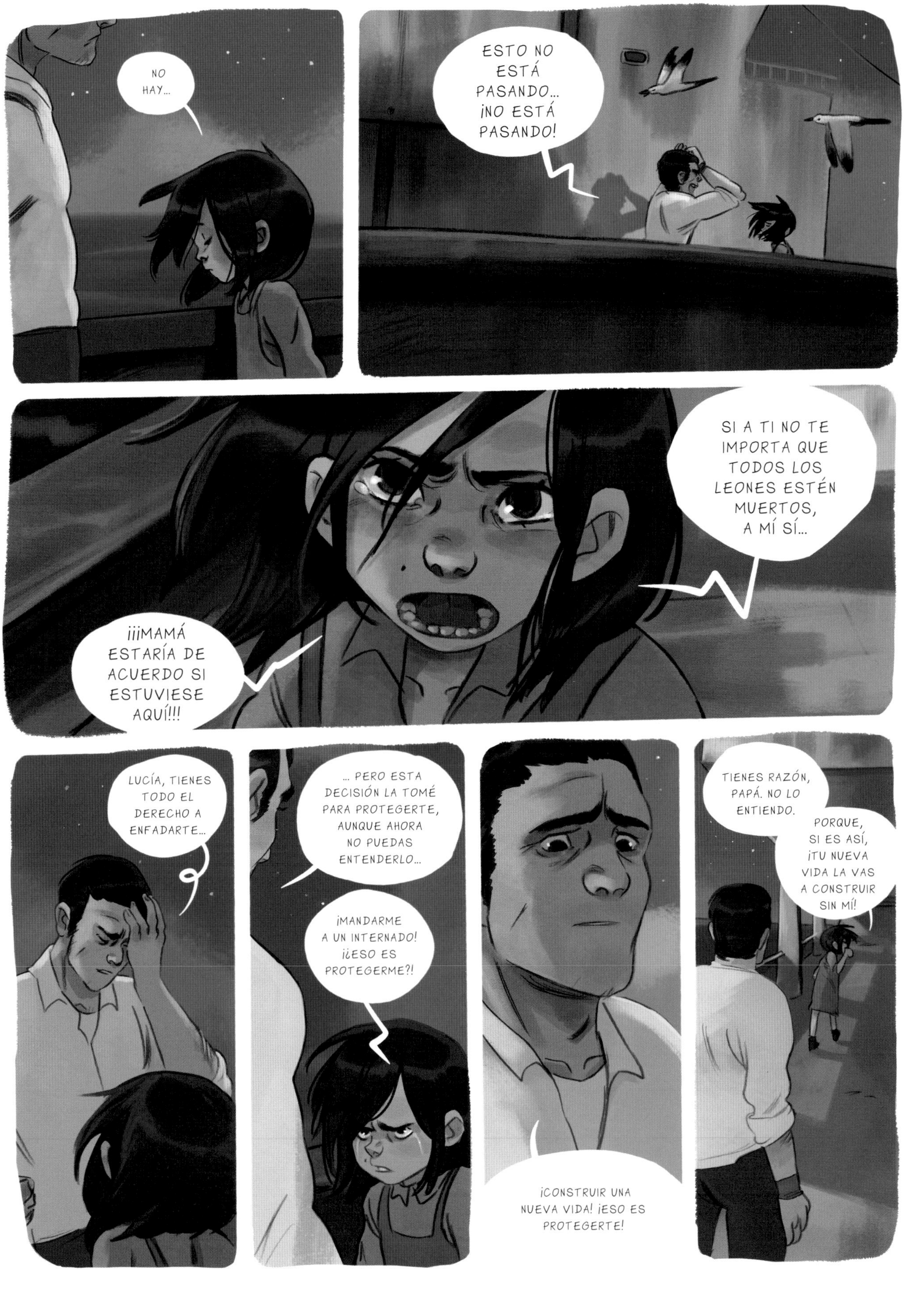
NO HAY...
ESTO NO ESTÁ PASANDO... ¡NO ESTÁ PASANDO!
SI A TI NO TE IMPORTA QUE TODOS LOS LEONES ESTÉN MUERTOS, A MÍ SÍ...
¡¡¡MAMÁ ESTARÍA DE ACUERDO SI ESTUVIESE AQUÍ!!!
LUCÍA, TIENES TODO EL DERECHO A ENFADARTE...
... PERO ESTA DECISIÓN LA TOMÉ PARA PROTEGERTE, AUNQUE AHORA NO PUEDAS ENTENDERLO...
¡MANDARME A UN INTERNADO! ¡¿ESO ES PROTEGERME?!
¡CONSTRUIR UNA NUEVA VIDA! ¡ESO ES PROTEGERTE!
TIENES RAZÓN, PAPÁ. NO LO ENTIENDO.
PORQUE, SI ES ASÍ, ¡TU NUEVA VIDA LA VAS A CONSTRUIR SIN MÍ!

Gracias al circo, yo ya había viajado en tren, en autobús, en coche, en caravana... Pero jamás me había subido a un carguero... El viaje me pareció muy largo, papá casi no me hablaba. El 3 de abril de 1964, tres semanas después de partir, llegamos al fin a Durban. Las autoridades aduaneras no querían dejarnos bajar del barco... No había pensado en los pasaportes... A papá le costó muchísimo explicarles que no deberíamos estar allí y que volveríamos en cuanto fuese posible. Al fin logró una autorización de veinticuatro horas para quedarnos... ¡El tiempo necesario para conseguir un billete de vuelta a Nápoles!

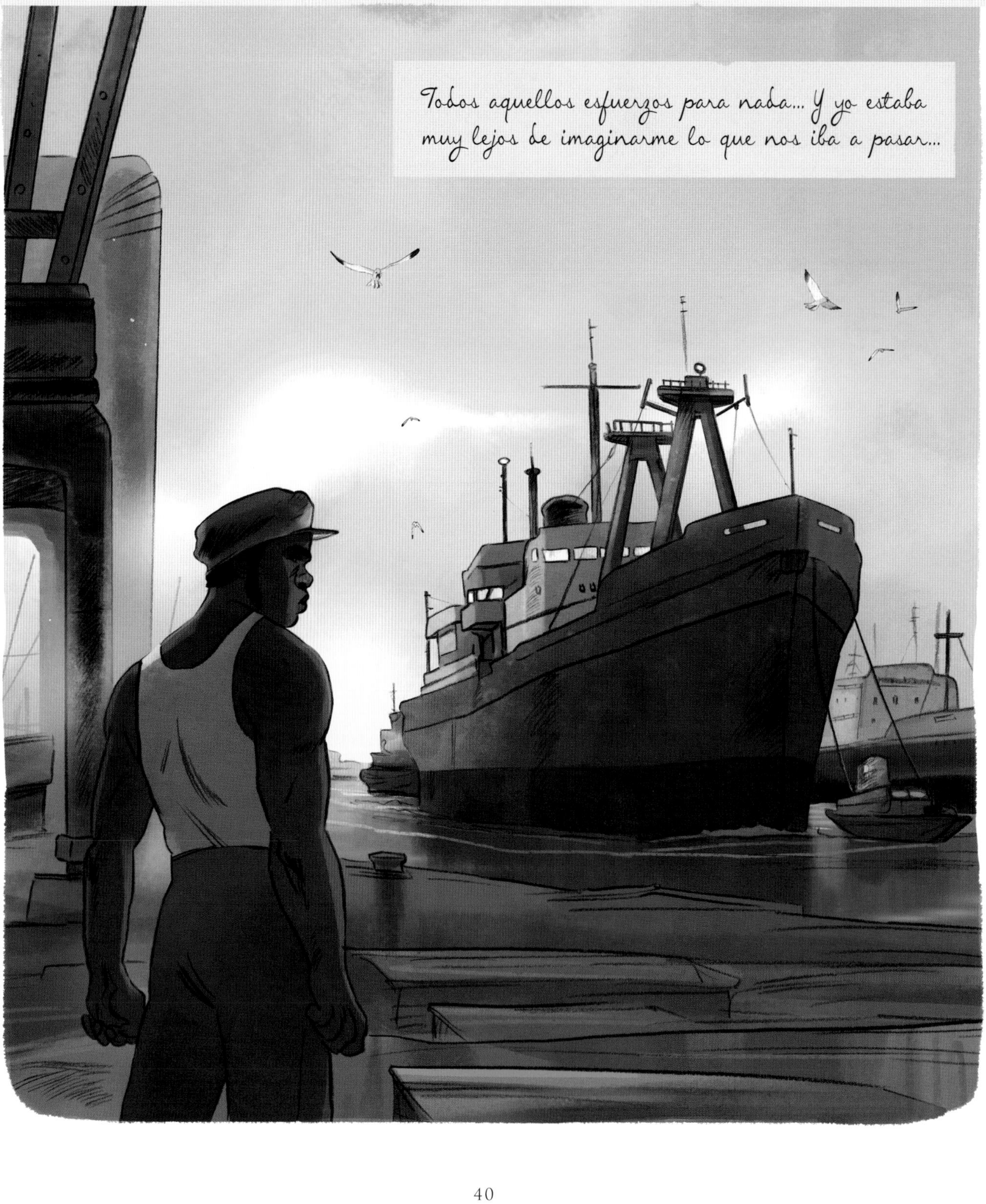
Todos aquellos esfuerzos para nada... Y yo estaba muy lejos de imaginarme lo que nos iba a pasar...

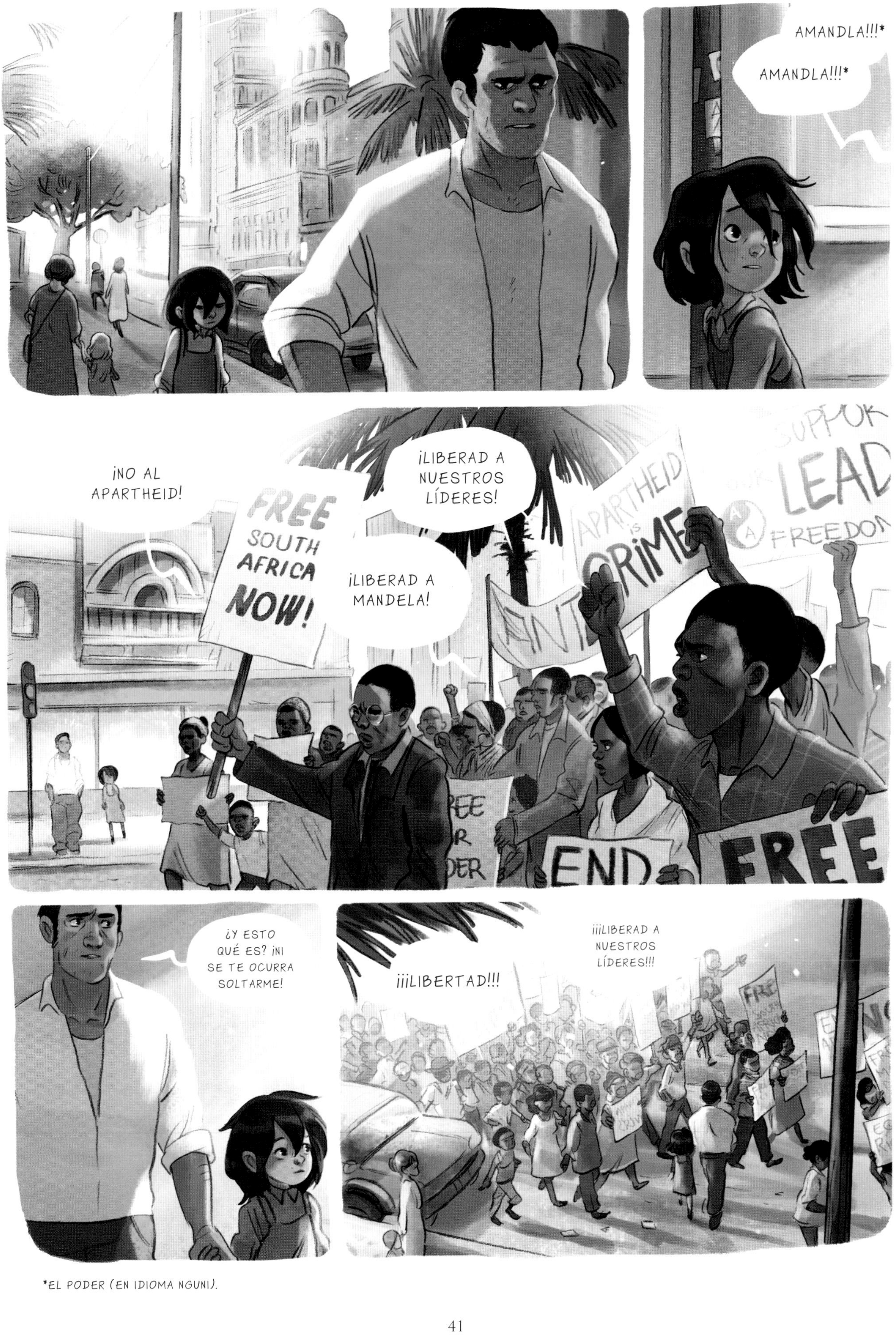
AMANDLA!!!*
AMANDLA!!!*
¡NO AL APARTHEID!
¡LIBERAD A NUESTROS LÍDERES!
FREE SOUTH AFRICA NOW!
¡LIBERAD A MANDELA!
APARTHEID IS CRIME
END
FREE
¿Y ESTO QUÉ ES? ¡NI SE TE OCURRA SOLTARME!
¡¡¡LIBERTAD!!!
¡¡¡LIBERAD A NUESTROS LÍDERES!!!

*EL PODER (EN IDIOMA NGUNI).

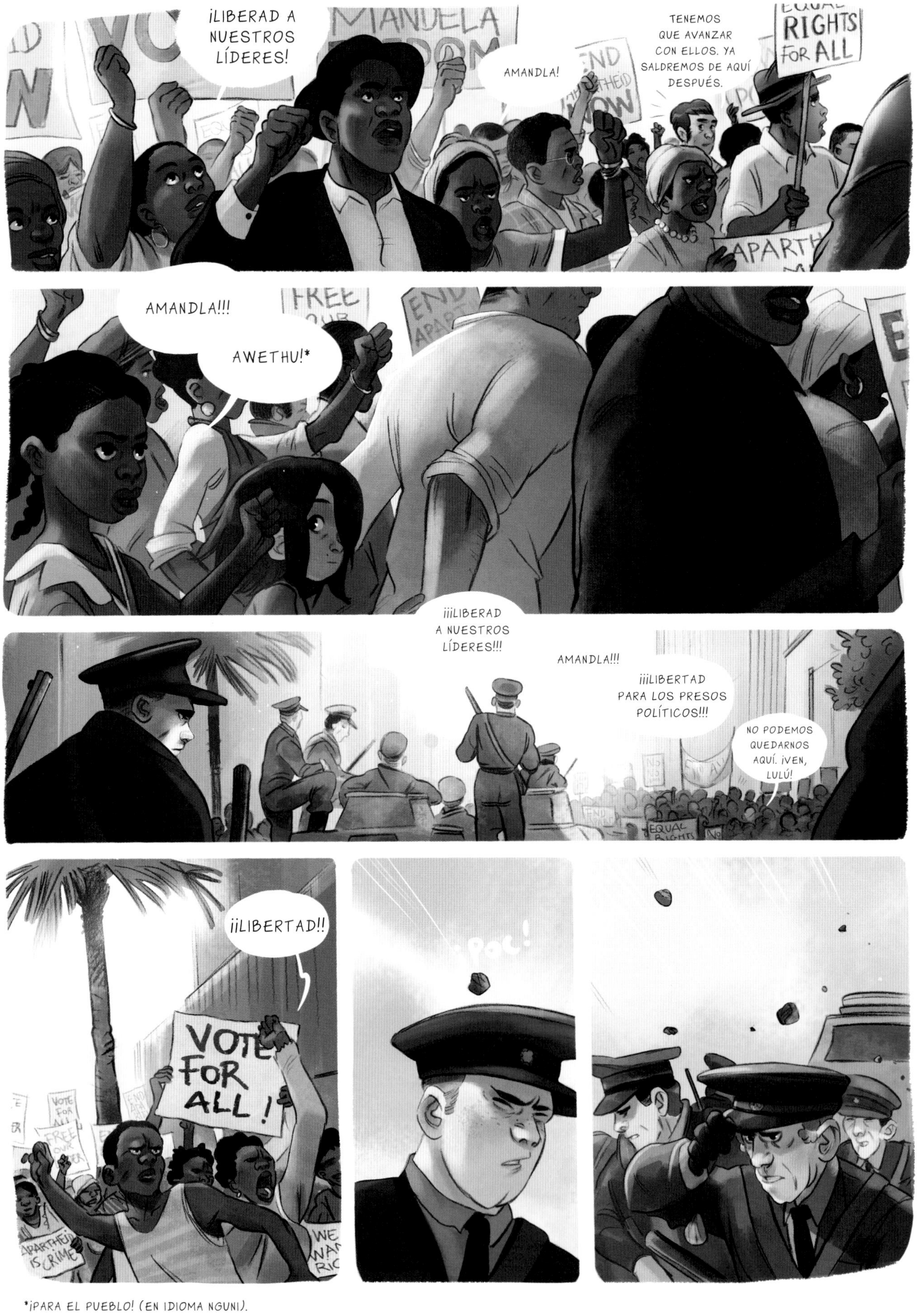
¡LIBERAD A NUESTROS LÍDERES!
AMANDLA!
TENEMOS QUE AVANZAR CON ELLOS. YA SALDREMOS DE AQUÍ DESPUÉS.
RIGHTS FOR ALL
AMANDLA!!!
AWETHU!*
¡¡¡LIBERAD A NUESTROS LÍDERES!!!
AMANDLA!!!
¡¡¡LIBERTAD PARA LOS PRESOS POLÍTICOS!!!
NO PODEMOS QUEDARNOS AQUÍ. ¡VEN, LULÚ!
¡¡LIBERTAD!!
VOTE FOR ALL!
POC!

*¡PARA EL PUEBLO! (EN IDIOMA NGUNI).

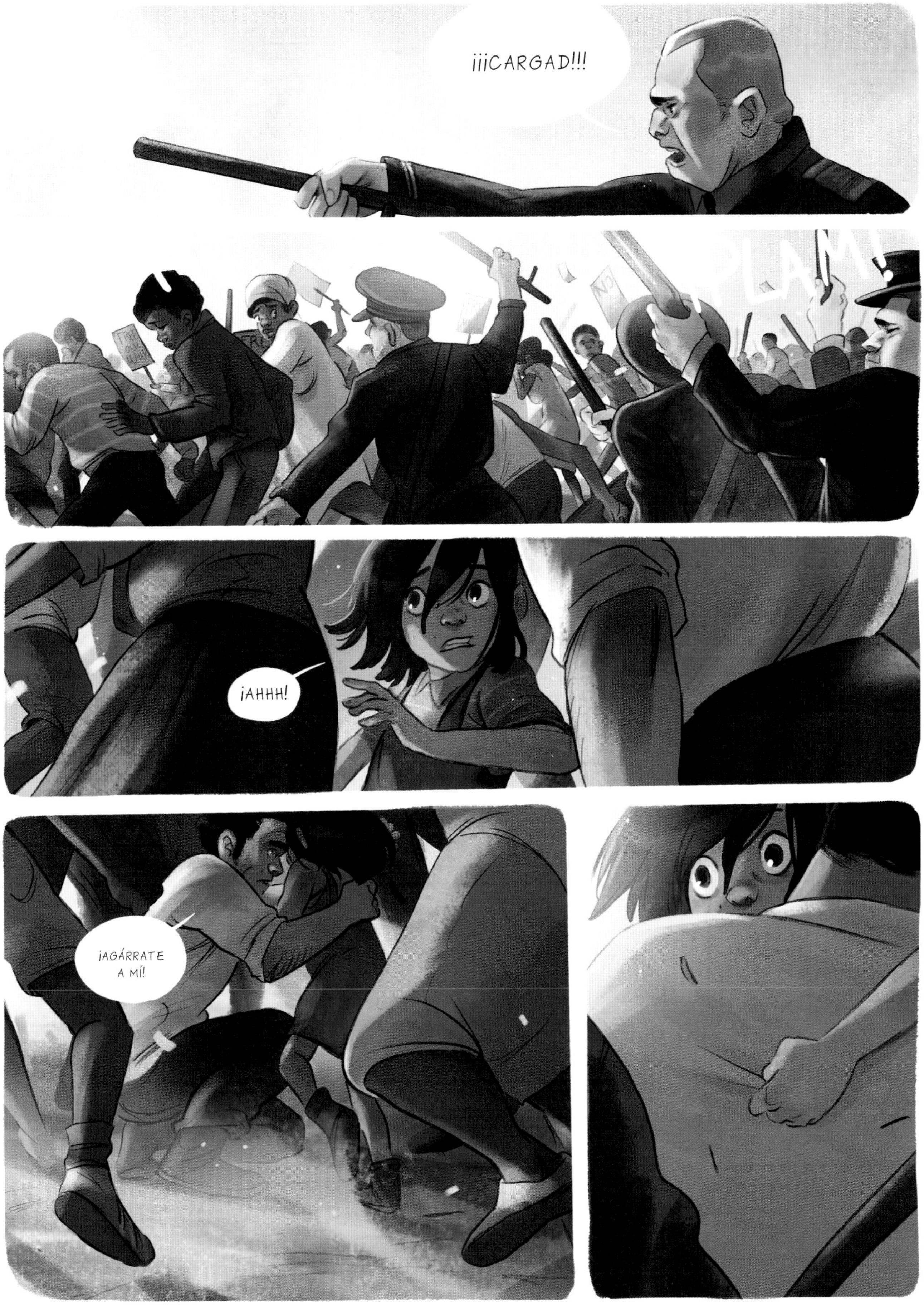
¡¡¡CARGAD!!!
¡PLAM!
¡AHHH!
¡AGÁRRATE
A MÍ!

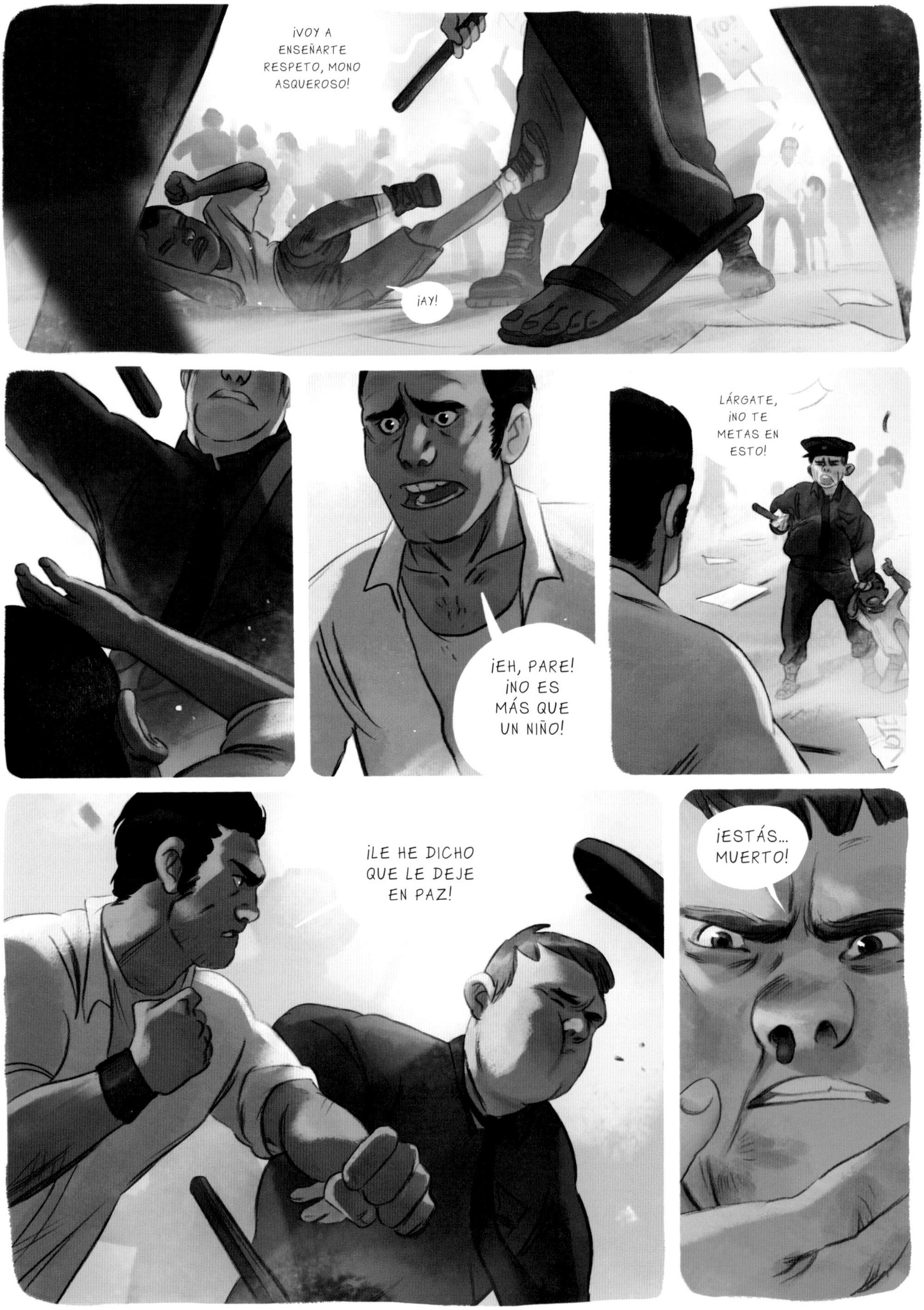
¡VOY A ENSEÑARTE RESPETO, MONO ASQUEROSO!
¡AY!
¡EH, PARE! ¡NO ES MÁS QUE UN NIÑO!
LÁRGATE, ¡NO TE METAS EN ESTO!
¡LE HE DICHO QUE LE DEJE EN PAZ!
¡ESTÁS... MUERTO!

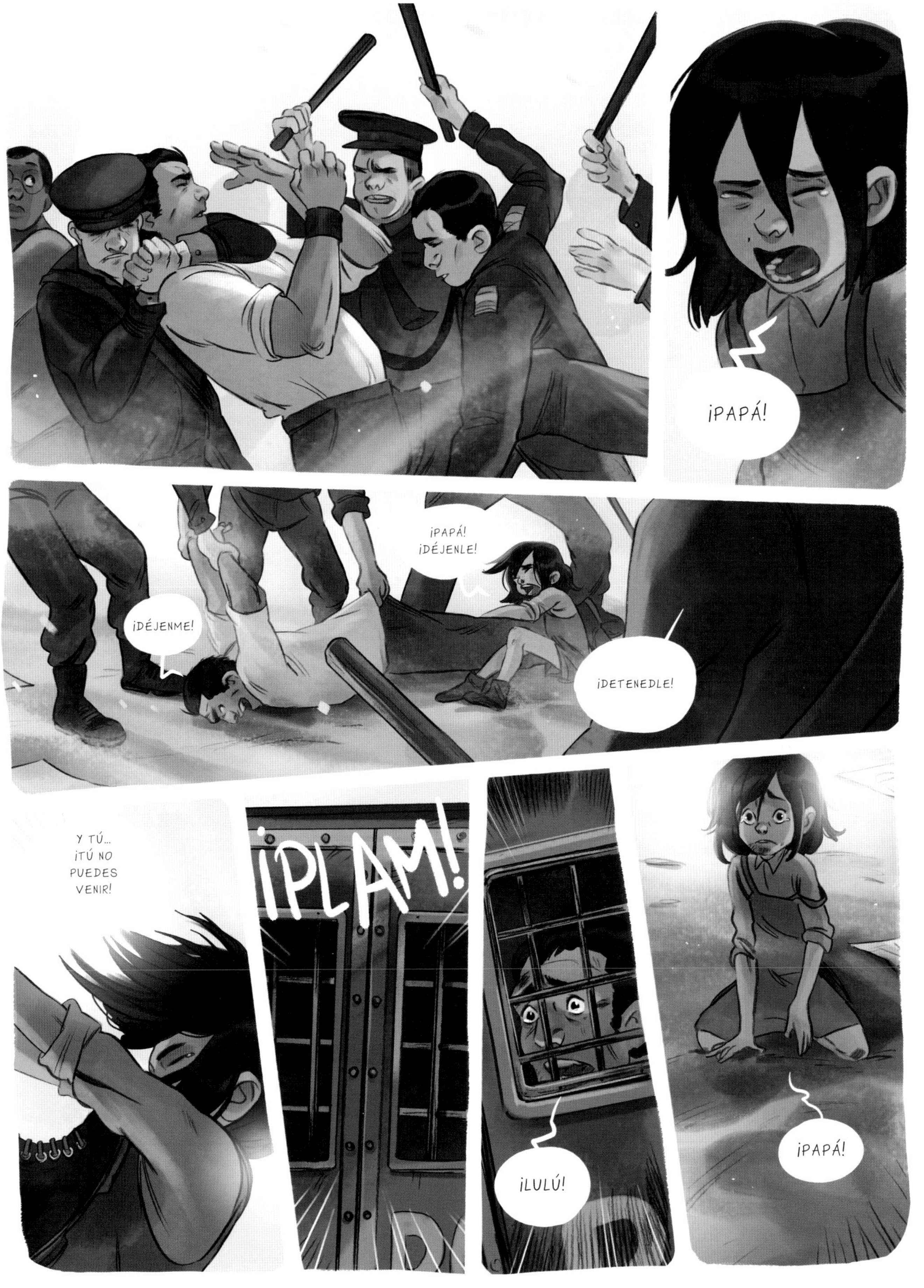
¡PAPÁ!
¡DÉJENME!
¡PAPÁ! ¡DÉJENLE!
¡DETENEDLE!
Y TÚ... ¡TÚ NO PUEDES VENIR!
¡PLAM!
¡LULÚ!
¡PAPÁ!

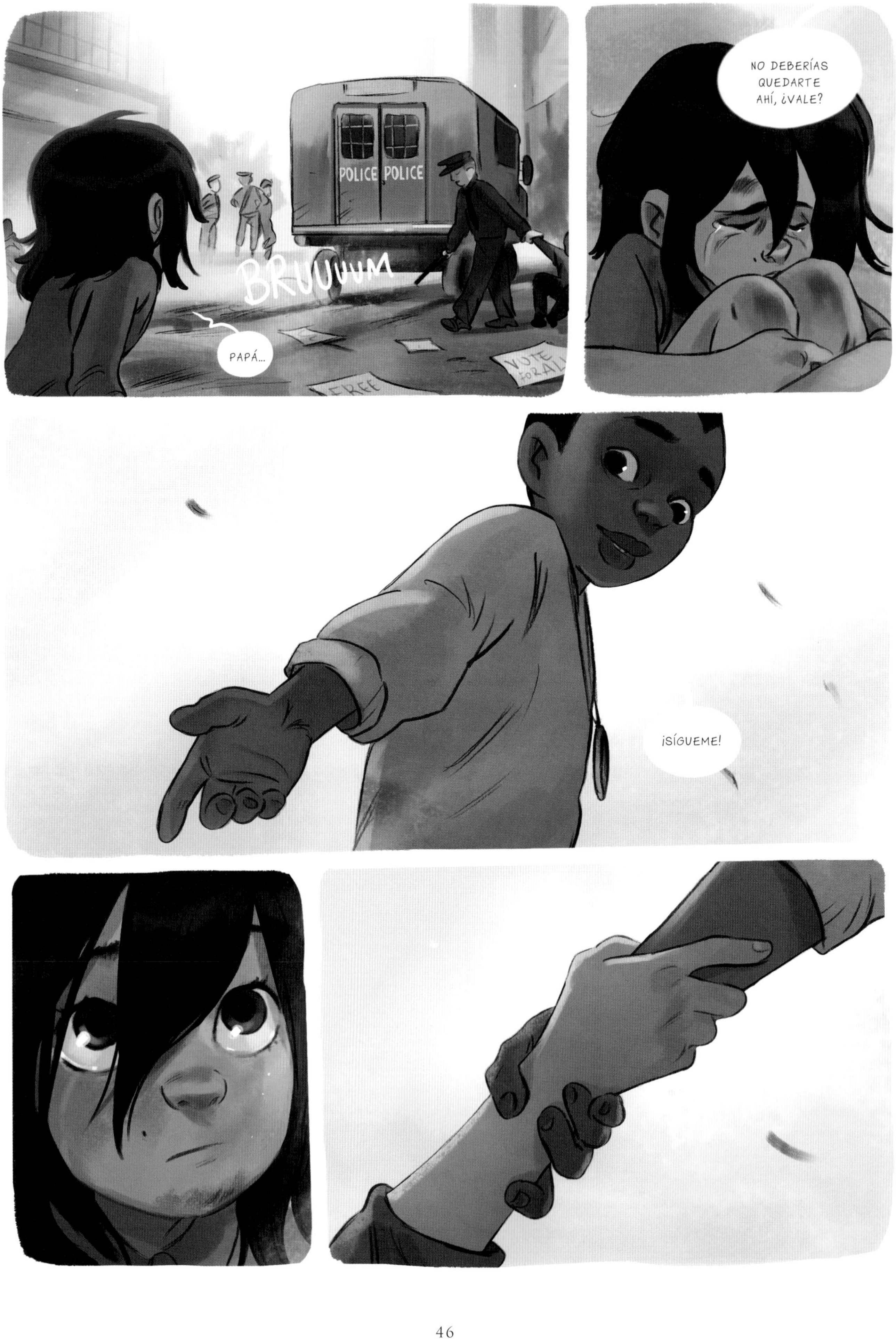
POLICE POLICE
BRUUUUM
PAPÁ...
NO DEBERÍAS QUEDARTE AHÍ, ¿VALE?
¡SÍGUEME!

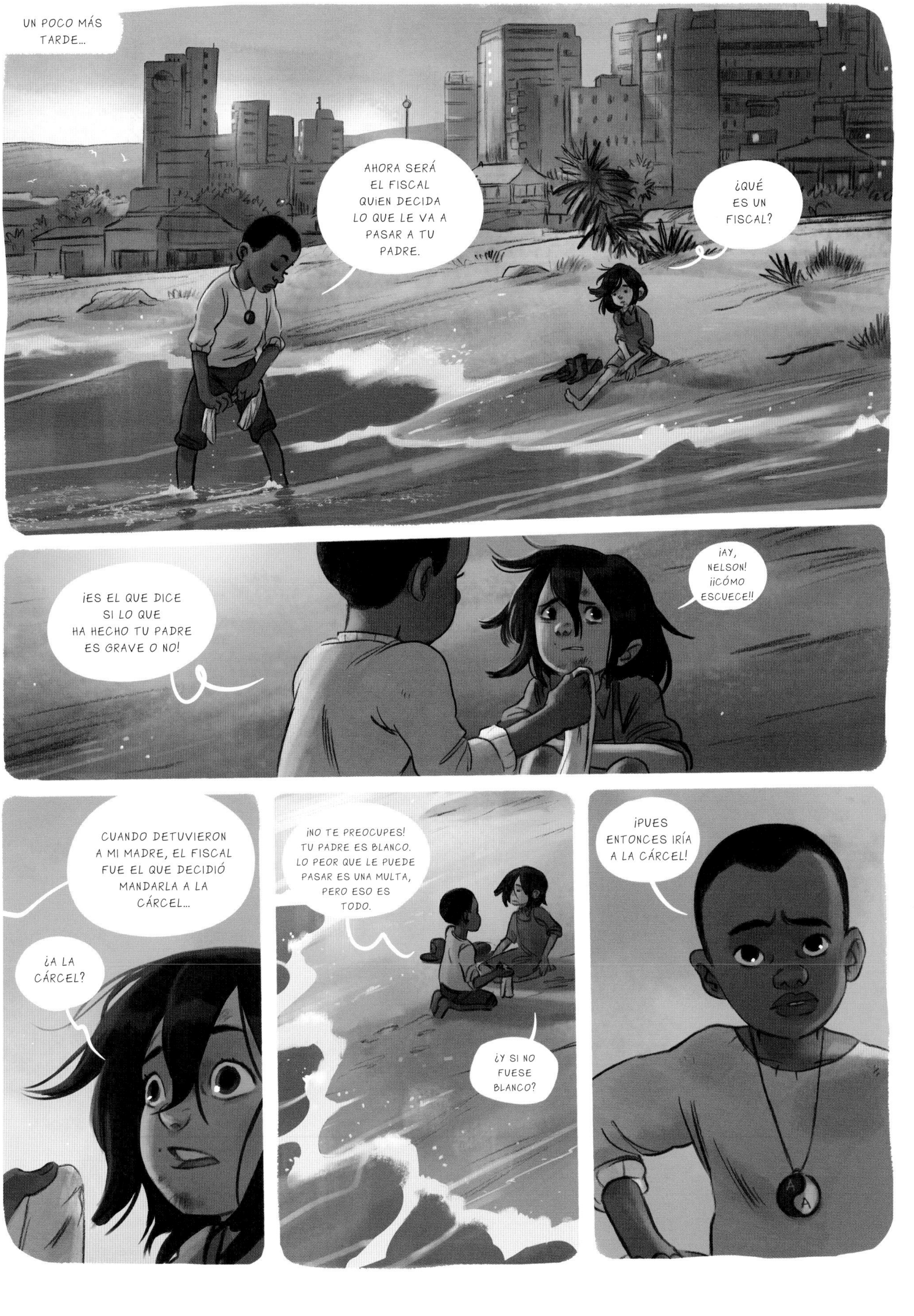
UN POCO MÁS TARDE...
AHORA SERÁ EL FISCAL QUIEN DECIDA LO QUE LE VA A PASAR A TU PADRE.
¿QUÉ ES UN FISCAL?
¡ES EL QUE DICE SI LO QUE HA HECHO TU PADRE ES GRAVE O NO!
¡AY, NELSON! ¡¡CÓMO ESCUECE!!
CUANDO DETUVIERON A MI MADRE, EL FISCAL FUE EL QUE DECIDIÓ MANDARLA A LA CÁRCEL...
¿A LA CÁRCEL?
¡NO TE PREOCUPES! TU PADRE ES BLANCO. LO PEOR QUE LE PUEDE PASAR ES UNA MULTA, PERO ESO ES TODO.
¿Y SI NO FUESE BLANCO?
¡PUES ENTONCES IRÍA A LA CÁRCEL!

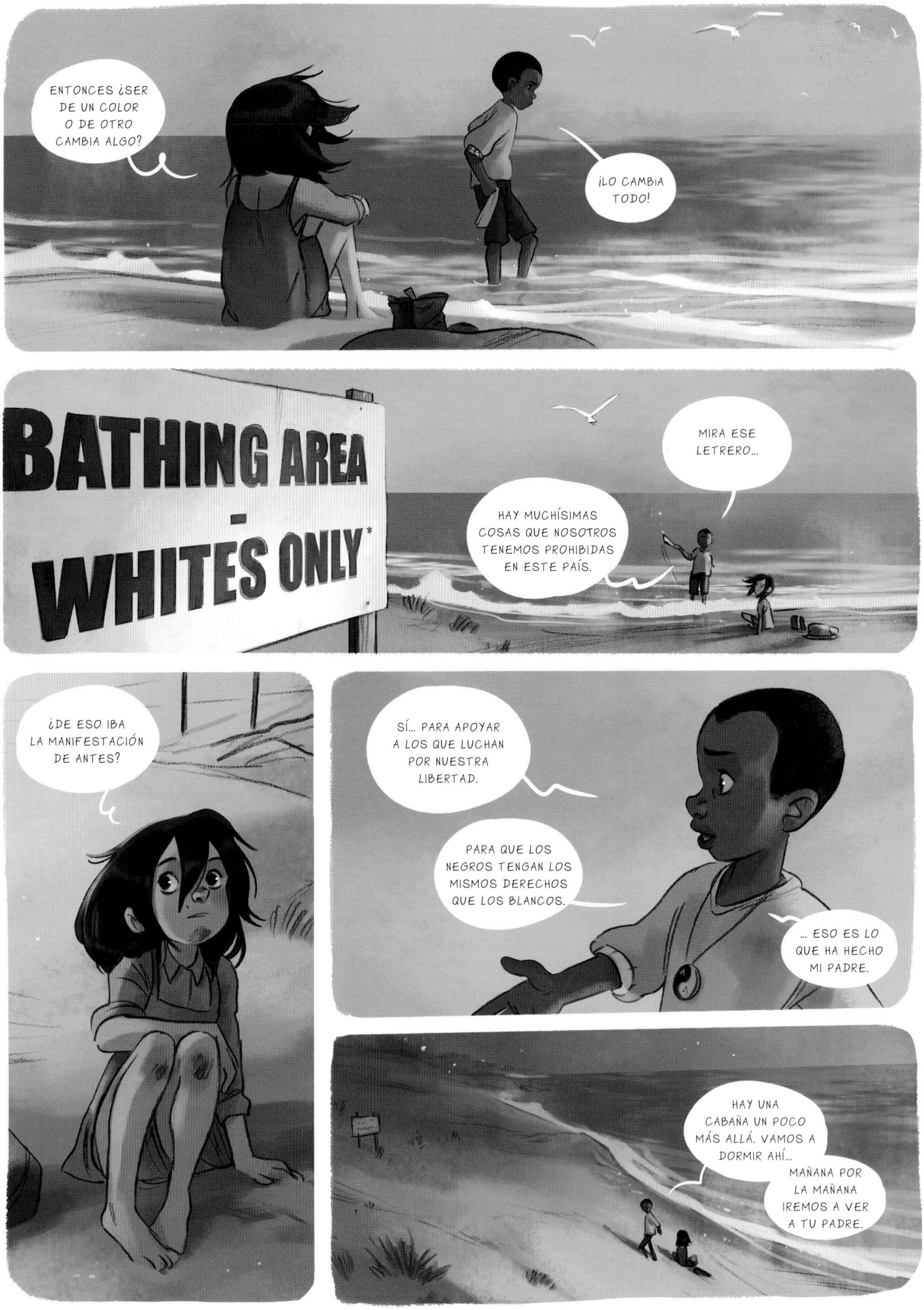
ENTONCES ¿SER DE UN COLOR O DE OTRO CAMBIA ALGO?
¡LO CAMBIA TODO!
BATHING AREA - WHITES ONLY*
MIRA ESE LETRERO...
HAY MUCHÍSIMAS COSAS QUE NOSOTROS TENEMOS PROHIBIDAS EN ESTE PAÍS.
¿DE ESO IBA LA MANIFESTACIÓN DE ANTES?
SÍ... PARA APOYAR A LOS QUE LUCHAN POR NUESTRA LIBERTAD.
PARA QUE LOS NEGROS TENGAN LOS MISMOS DERECHOS QUE LOS BLANCOS.
... ESO ES LO QUE HA HECHO MI PADRE.
HAY UNA CABAÑA UN POCO MÁS ALLÁ. VAMOS A DORMIR AHÍ...
MAÑANA POR LA MAÑANA IREMOS A VER A TU PADRE.

*ZONA DE BAÑO – SOLO PARA BLANCOS.

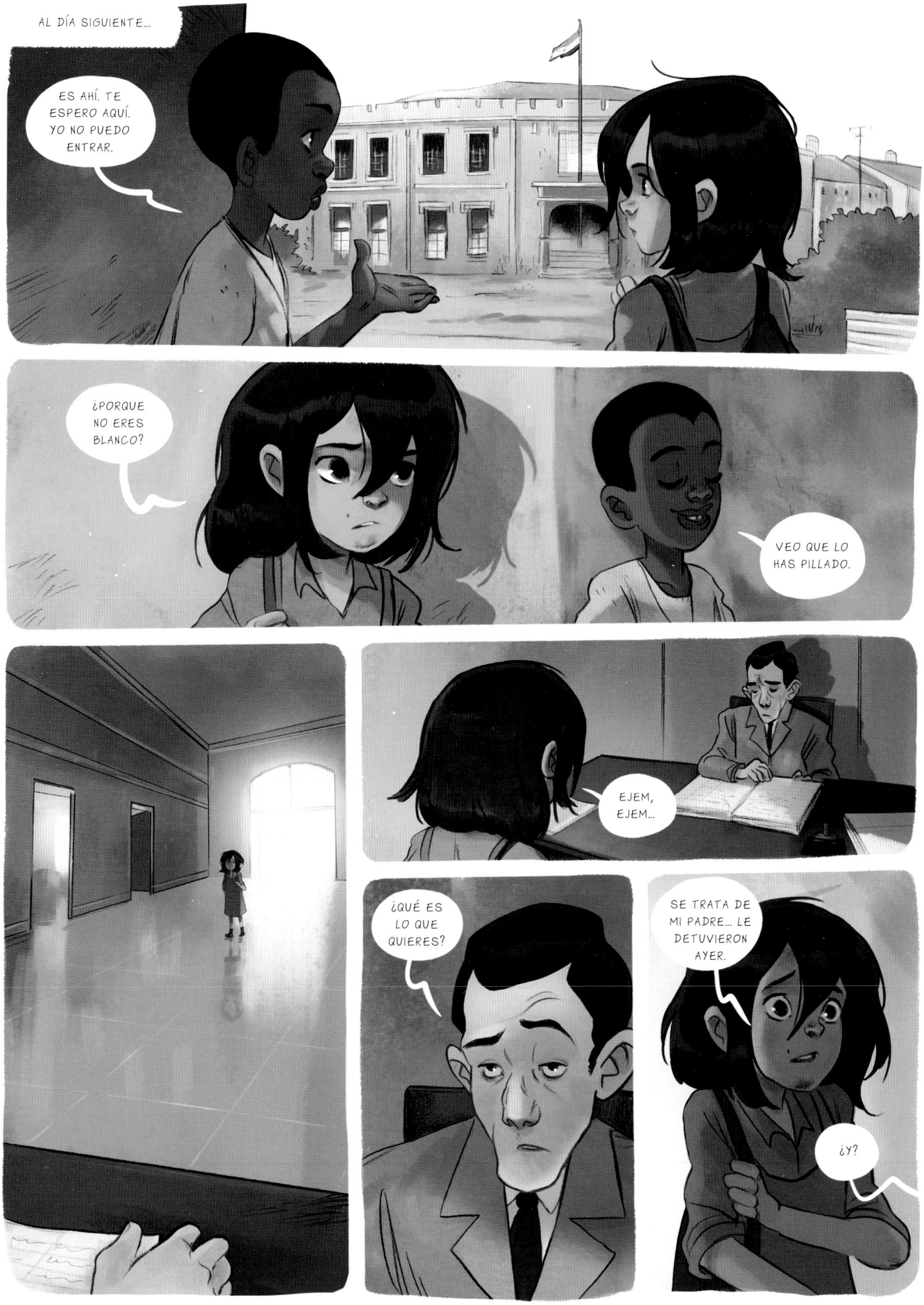
AL DÍA SIGUIENTE...
ES AHÍ. TE ESPERO AQUÍ. YO NO PUEDO ENTRAR.
¿PORQUE NO ERES BLANCO?
VEO QUE LO HAS PILLADO.
EJEM, EJEM...
¿QUÉ ES LO QUE QUIERES?
SE TRATA DE MI PADRE... LE DETUVIERON AYER.
¿Y?

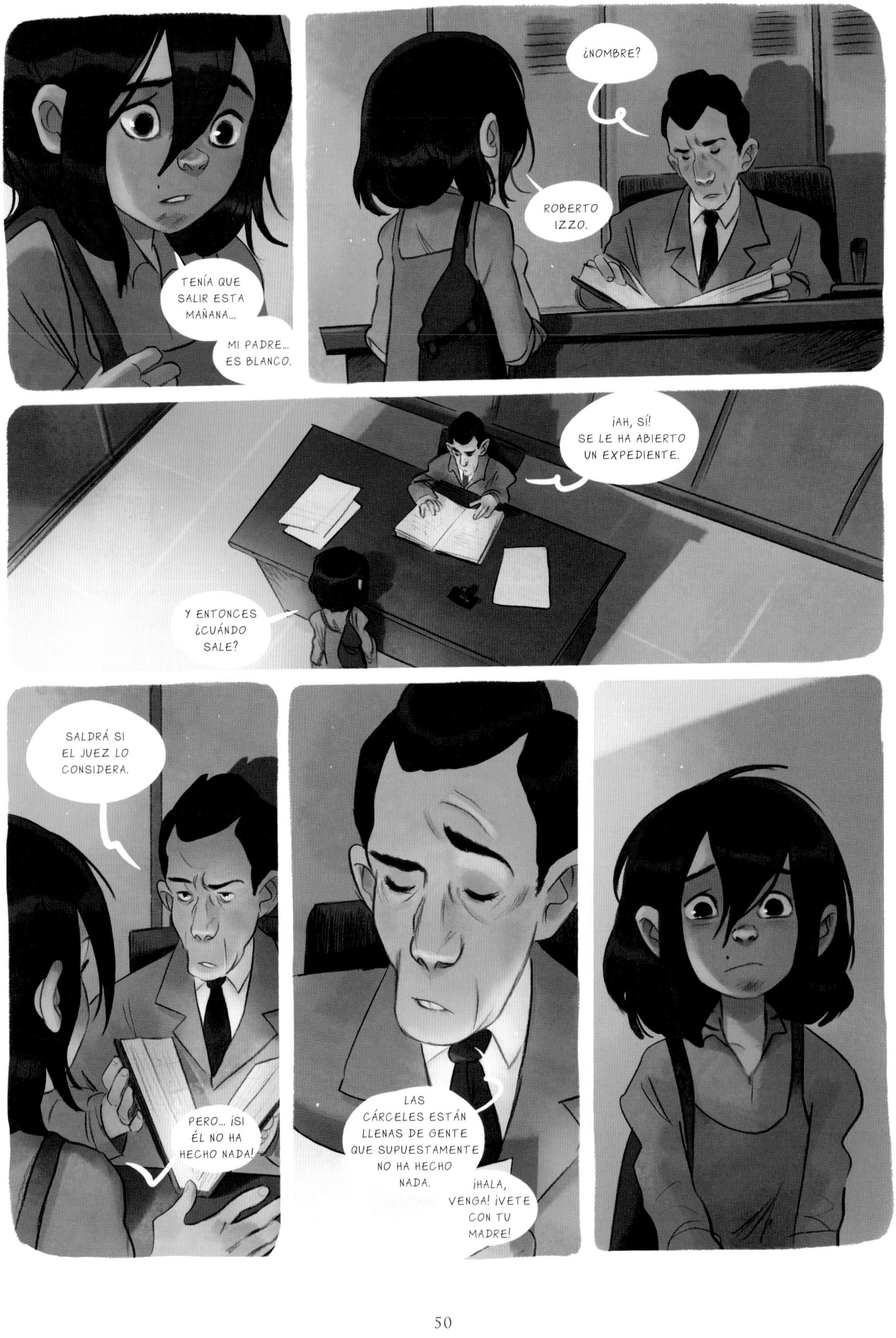
TENÍA QUE SALIR ESTA MAÑANA...
MI PADRE... ES BLANCO.
¿NOMBRE?
ROBERTO IZZO.
¡AH, SÍ! SE LE HA ABIERTO UN EXPEDIENTE.
Y ENTONCES ¿CUÁNDO SALE?
SALDRÁ SI EL JUEZ LO CONSIDERA.
PERO... ¡SI ÉL NO HA HECHO NADA!
LAS CÁRCELES ESTÁN LLENAS DE GENTE QUE SUPUESTAMENTE NO HA HECHO NADA.
¡HALA, VENGA! ¡VETE CON TU MADRE!

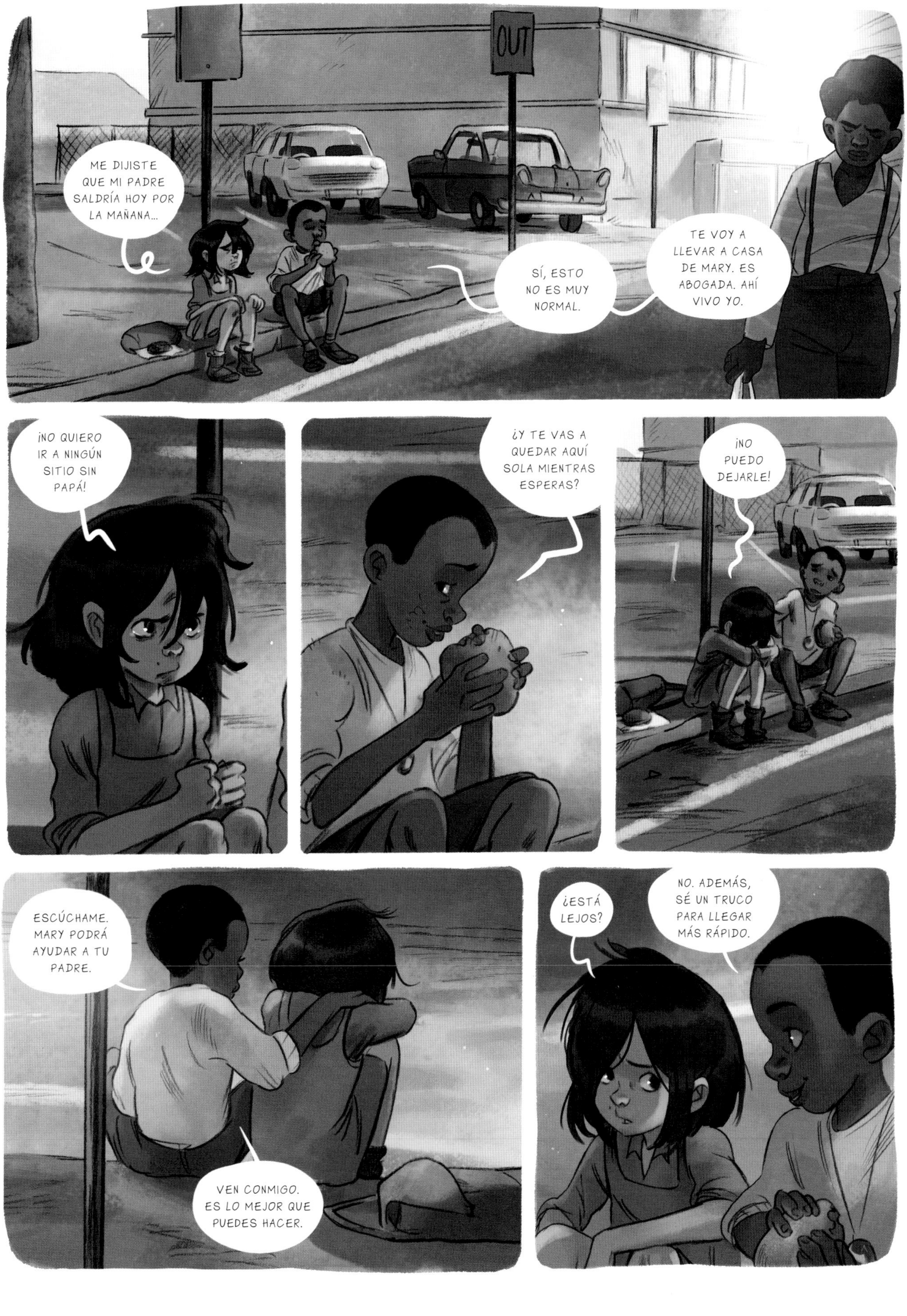

ME DIJISTE QUE MI PADRE SALDRÍA HOY POR LA MAÑANA...
SÍ, ESTO NO ES MUY NORMAL.
TE VOY A LLEVAR A CASA DE MARY. ES ABOGADA. AHÍ VIVO YO.
OUT
¡NO QUIERO IR A NINGÚN SITIO SIN PAPÁ!
¿Y TE VAS A QUEDAR AQUÍ SOLA MIENTRAS ESPERAS?
¡NO PUEDO DEJARLE!
ESCÚCHAME. MARY PODRÁ AYUDAR A TU PADRE.
VEN CONMIGO. ES LO MEJOR QUE PUEDES HACER.
¿ESTÁ LEJOS?
NO. ADEMÁS, SÉ UN TRUCO PARA LLEGAR MÁS RÁPIDO.

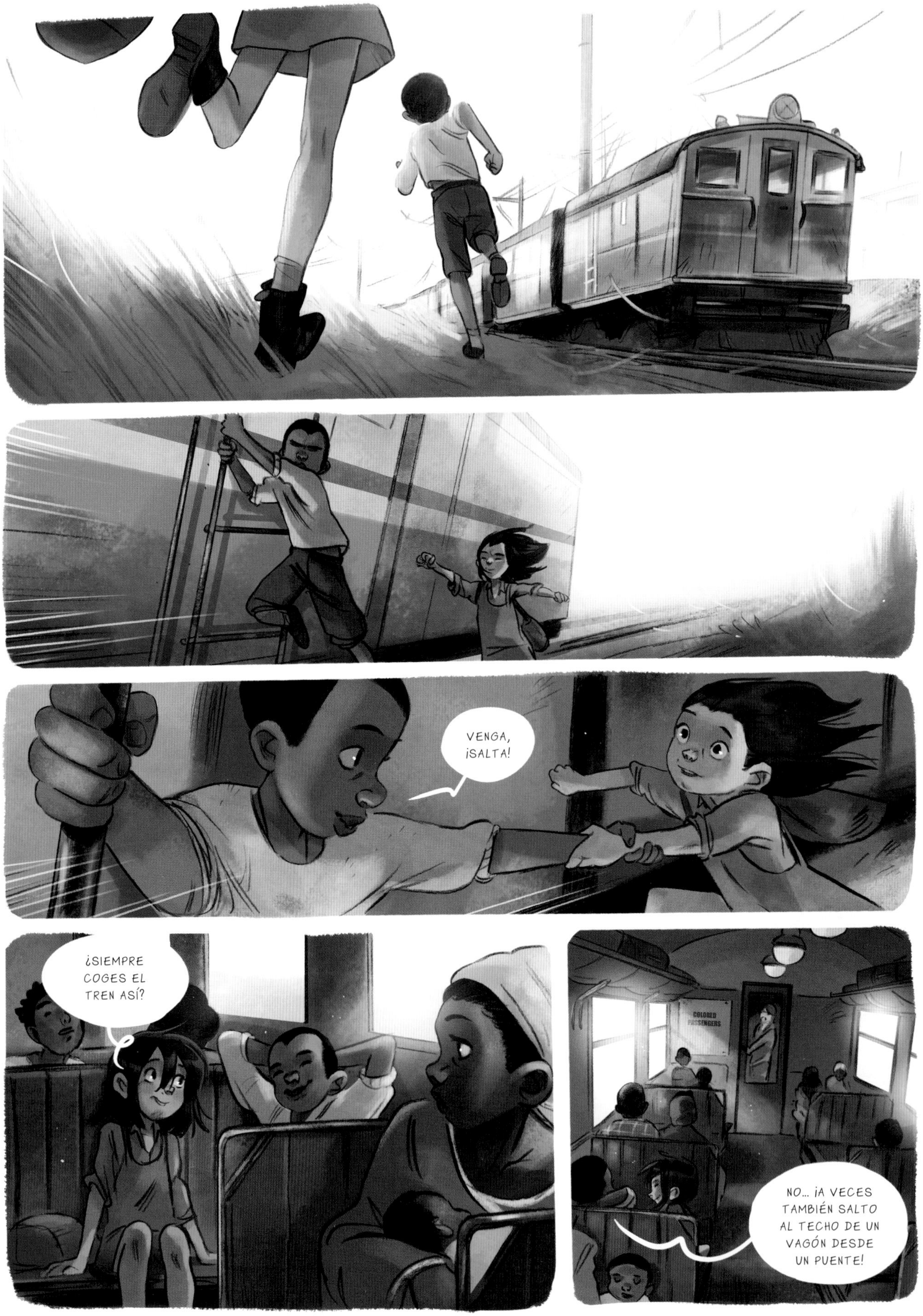
VENGA, ¡SALTA!
¿SIEMPRE COGES EL TREN ASÍ?
COLORED PASSENGERS
NO... ¡A VECES TAMBIÉN SALTO AL TECHO DE UN VAGÓN DESDE UN PUENTE!

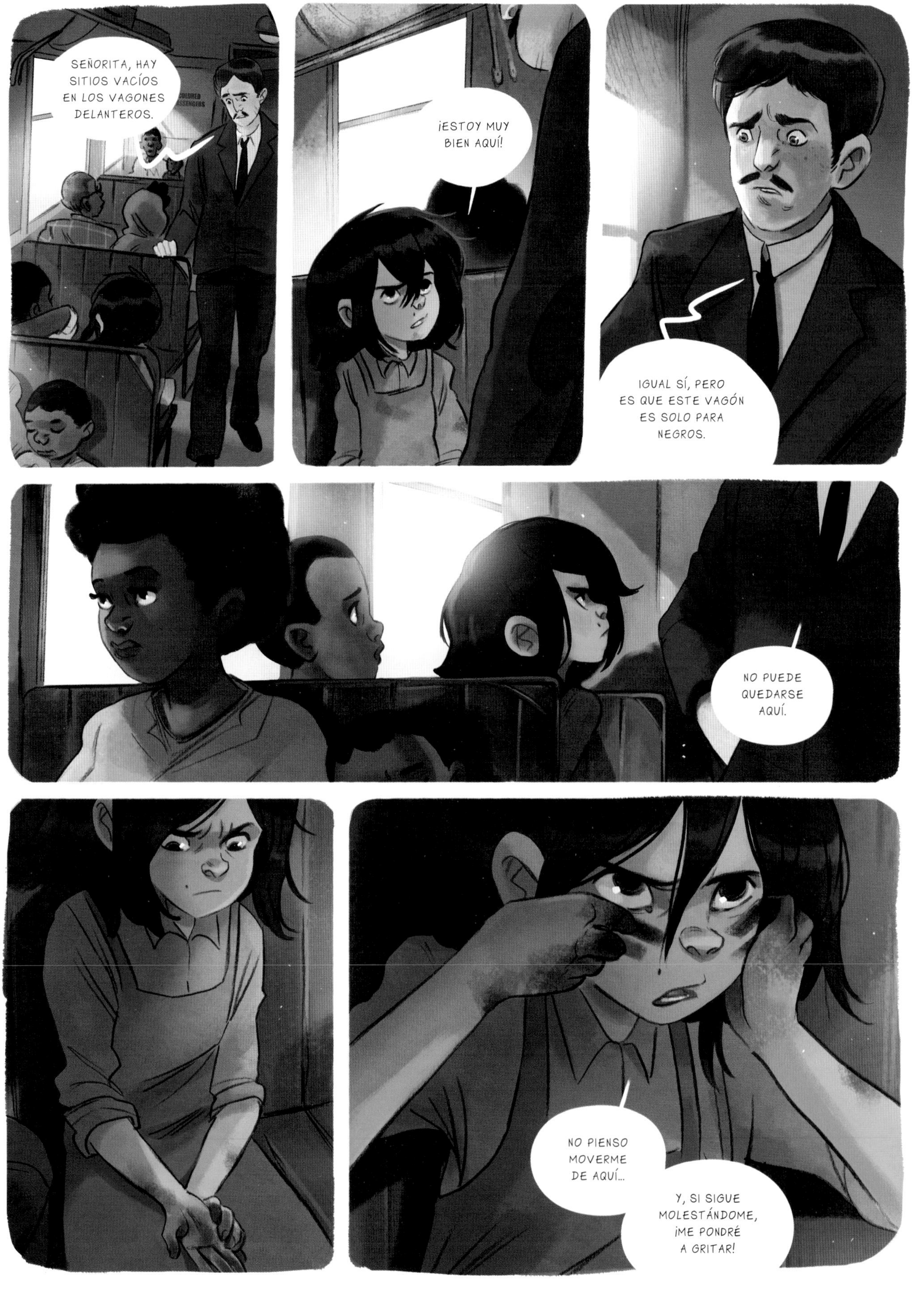
SEÑORITA, HAY SITIOS VACÍOS EN LOS VAGONES DELANTEROS.
¡ESTOY MUY BIEN AQUÍ!
IGUAL SÍ, PERO ES QUE ESTE VAGÓN ES SOLO PARA NEGROS.
NO PUEDE QUEDARSE AQUÍ.
NO PIENSO MOVERME DE AQUÍ...
Y, SI SIGUE MOLESTÁNDOME, ¡ME PONDRÉ A GRITAR!

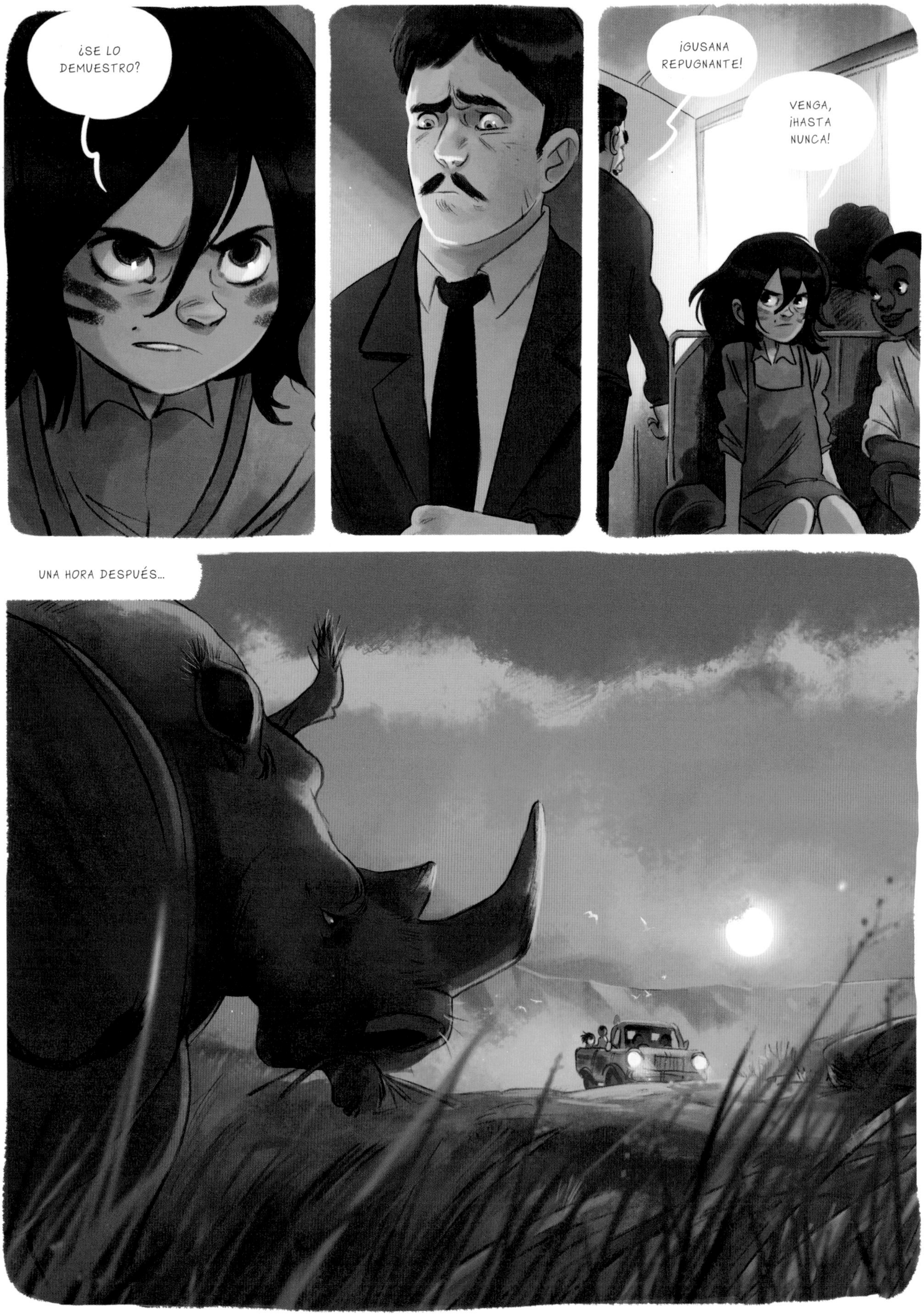
¿SE LO DEMUESTRO?
¡GUSANA REPUGNANTE!
VENGA, ¡HASTA NUNCA!
UNA HORA DESPUÉS...

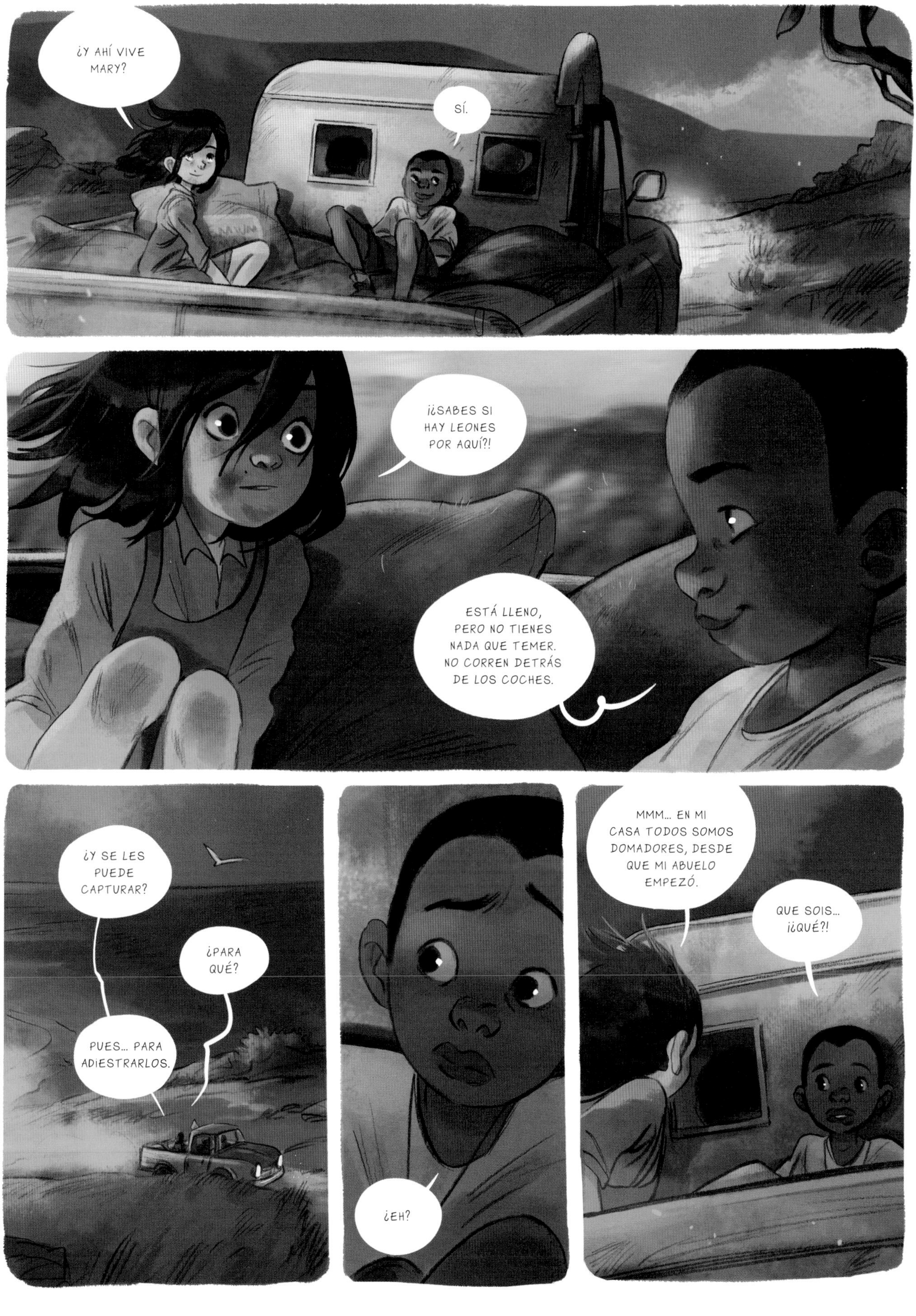
¿Y AHÍ VIVE MARY?
SÍ.
¡¿SABES SI HAY LEONES POR AQUÍ?!
ESTÁ LLENO, PERO NO TIENES NADA QUE TEMER. NO CORREN DETRÁS DE LOS COCHES.
¿Y SE LES PUEDE CAPTURAR?
¿PARA QUÉ?
PUES... PARA ADIESTRARLOS.
¿EH?
MMM... EN MI CASA TODOS SOMOS DOMADORES, DESDE QUE MI ABUELO EMPEZÓ.
QUE SOIS... ¡¿QUÉ?!

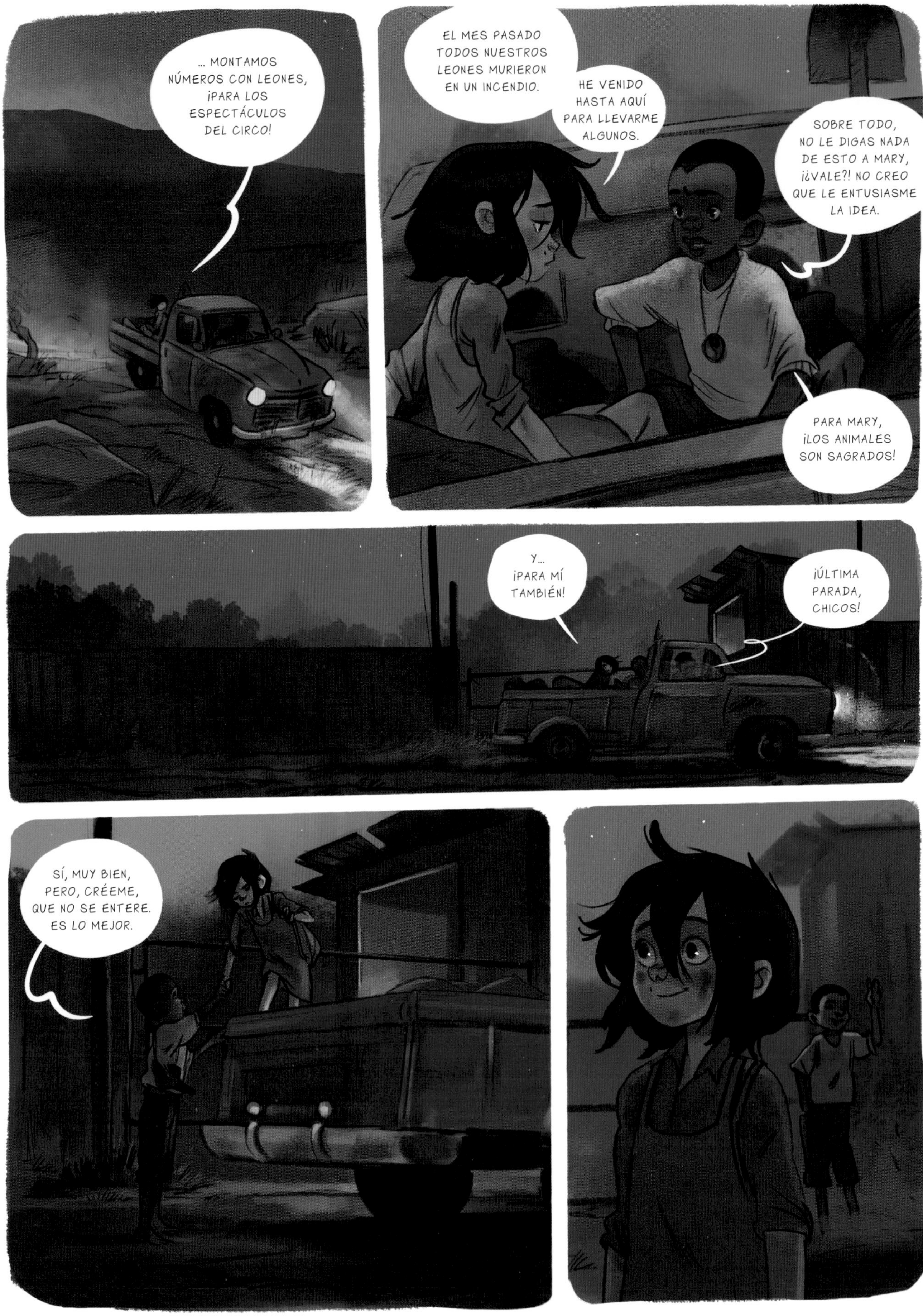
... MONTAMOS NÚMEROS CON LEONES, ¡PARA LOS ESPECTÁCULOS DEL CIRCO!
EL MES PASADO TODOS NUESTROS LEONES MURIERON EN UN INCENDIO.
HE VENIDO HASTA AQUÍ PARA LLEVARME ALGUNOS.
SOBRE TODO, NO LE DIGAS NADA DE ESTO A MARY, ¡¿VALE?! NO CREO QUE LE ENTUSIASME LA IDEA.
PARA MARY, ¡LOS ANIMALES SON SAGRADOS!
Y... ¡PARA MÍ TAMBIÉN!
¡ÚLTIMA PARADA, CHICOS!
SÍ, MUY BIEN, PERO, CRÉEME, QUE NO SE ENTERE. ES LO MEJOR.

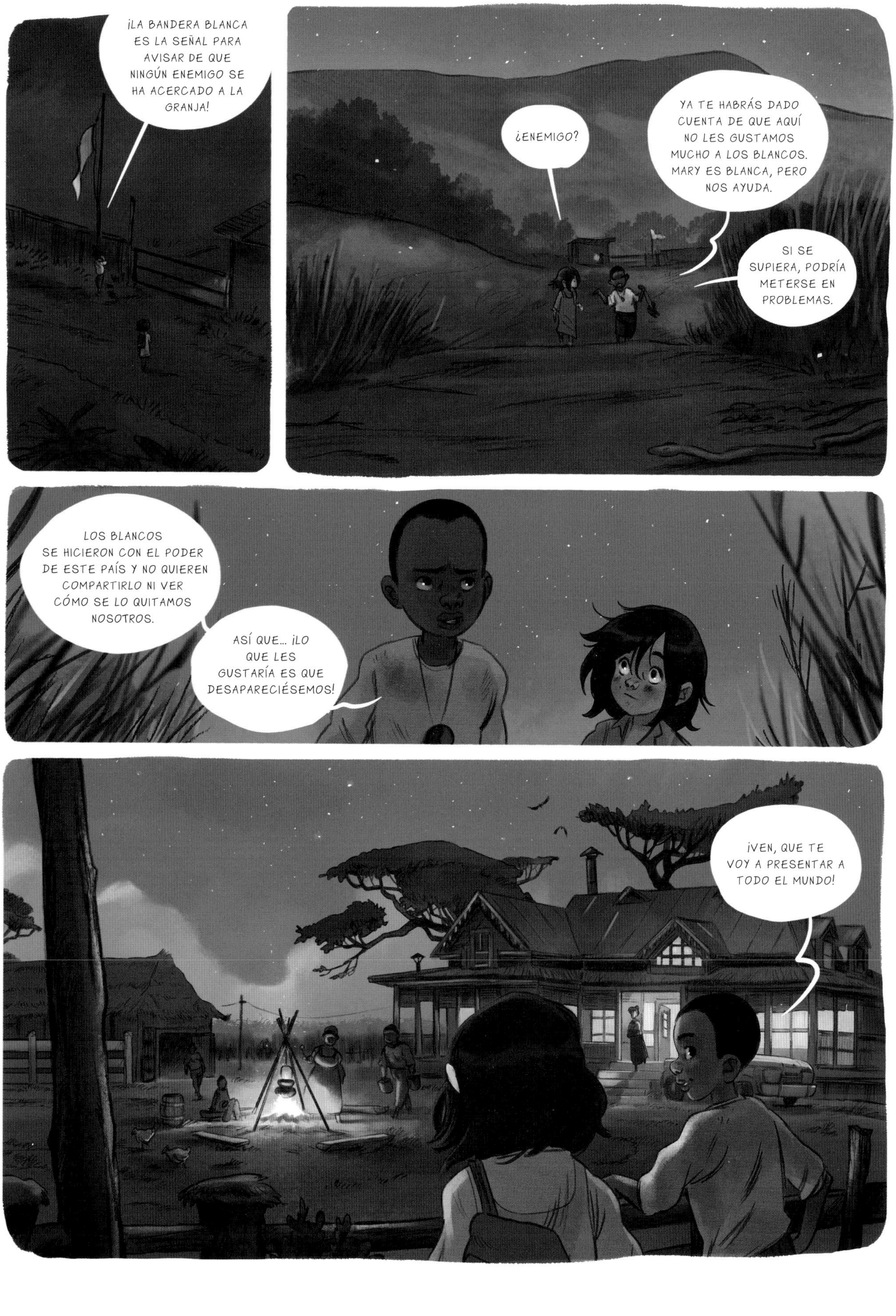
¡LA BANDERA BLANCA ES LA SEÑAL PARA AVISAR DE QUE NINGÚN ENEMIGO SE HA ACERCADO A LA GRANJA!
¿ENEMIGO?
YA TE HABRÁS DADO CUENTA DE QUE AQUÍ NO LES GUSTAMOS MUCHO A LOS BLANCOS. MARY ES BLANCA, PERO NOS AYUDA.
SI SE SUPIERA, PODRÍA METERSE EN PROBLEMAS.
LOS BLANCOS SE HICIERON CON EL PODER DE ESTE PAÍS Y NO QUIEREN COMPARTIRLO NI VER CÓMO SE LO QUITAMOS NOSOTROS.
ASÍ QUE... ¡LO QUE LES GUSTARÍA ES QUE DESAPARECIÉSEMOS!
¡VEN, QUE TE VOY A PRESENTAR A TODO EL MUNDO!

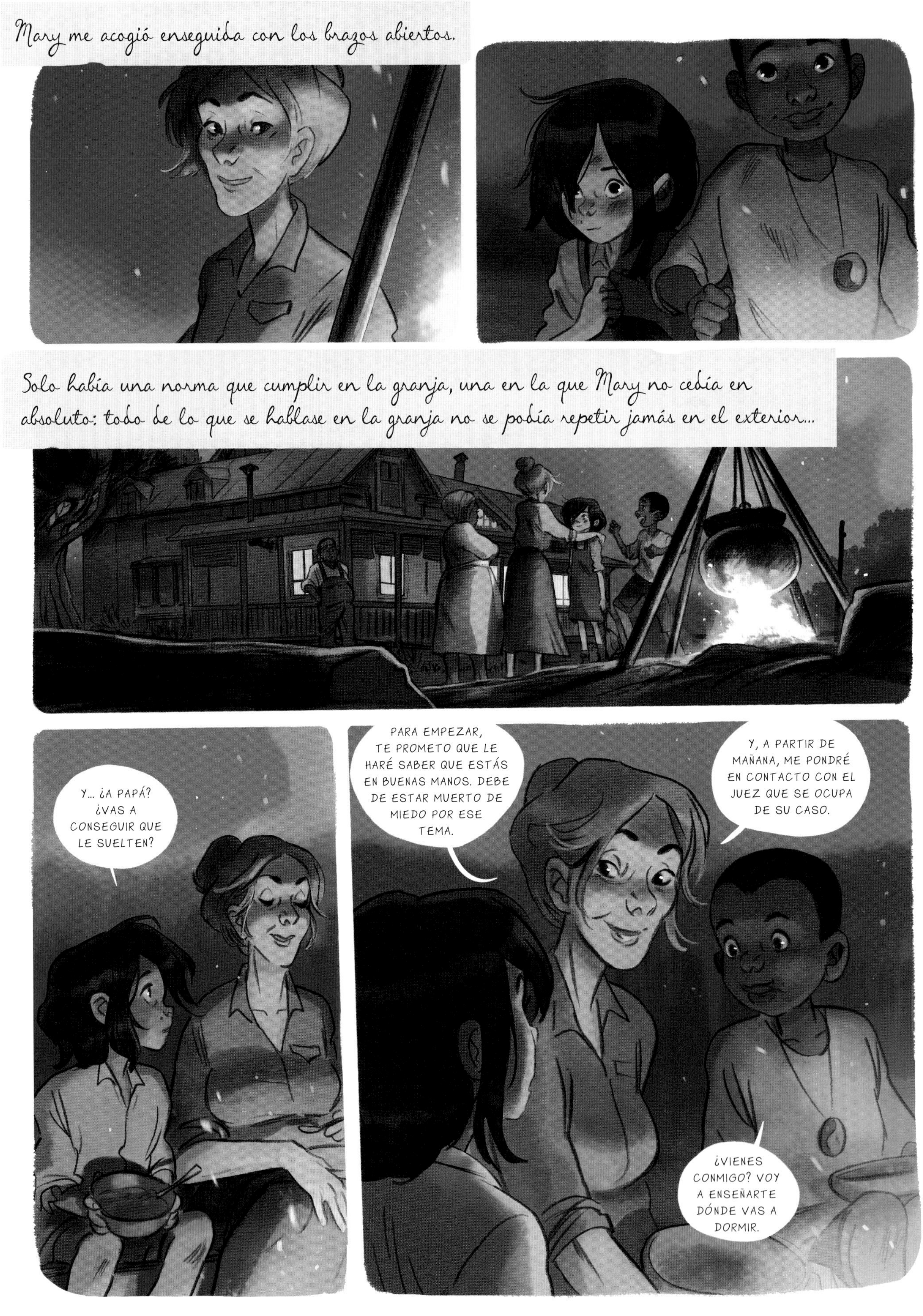
Mary me acogió enseguida con los brazos abiertos.
Solo había una norma que cumplir en la granja, una en la que Mary no cedía en absoluto: todo de lo que se hablase en la granja no se podía repetir jamás en el exterior...
Y... ¿A PAPÁ? ¿VAS A CONSEGUIR QUE LE SUELTEN?
PARA EMPEZAR, TE PROMETO QUE LE HARÉ SABER QUE ESTÁS EN BUENAS MANOS. DEBE DE ESTAR MUERTO DE MIEDO POR ESE TEMA.
Y, A PARTIR DE MAÑANA, ME PONDRÉ EN CONTACTO CON EL JUEZ QUE SE OCUPA DE SU CASO.
¿VIENES CONMIGO? VOY A ENSEÑARTE DÓNDE VAS A DORMIR.

Mentí a Mary tal y como Nelson me dijo que hiciera. No podía decirle que habíamos viajado hasta Sudáfrica por mi culpa, ni porque yo quería capturar leones. Así que le conté a Mary que papá era veterinario, que me había llevado con él para ver animales ¡y que a mamá no le importaba porque ya no vivía con nosotros! Aunque eso no era del todo mentira...

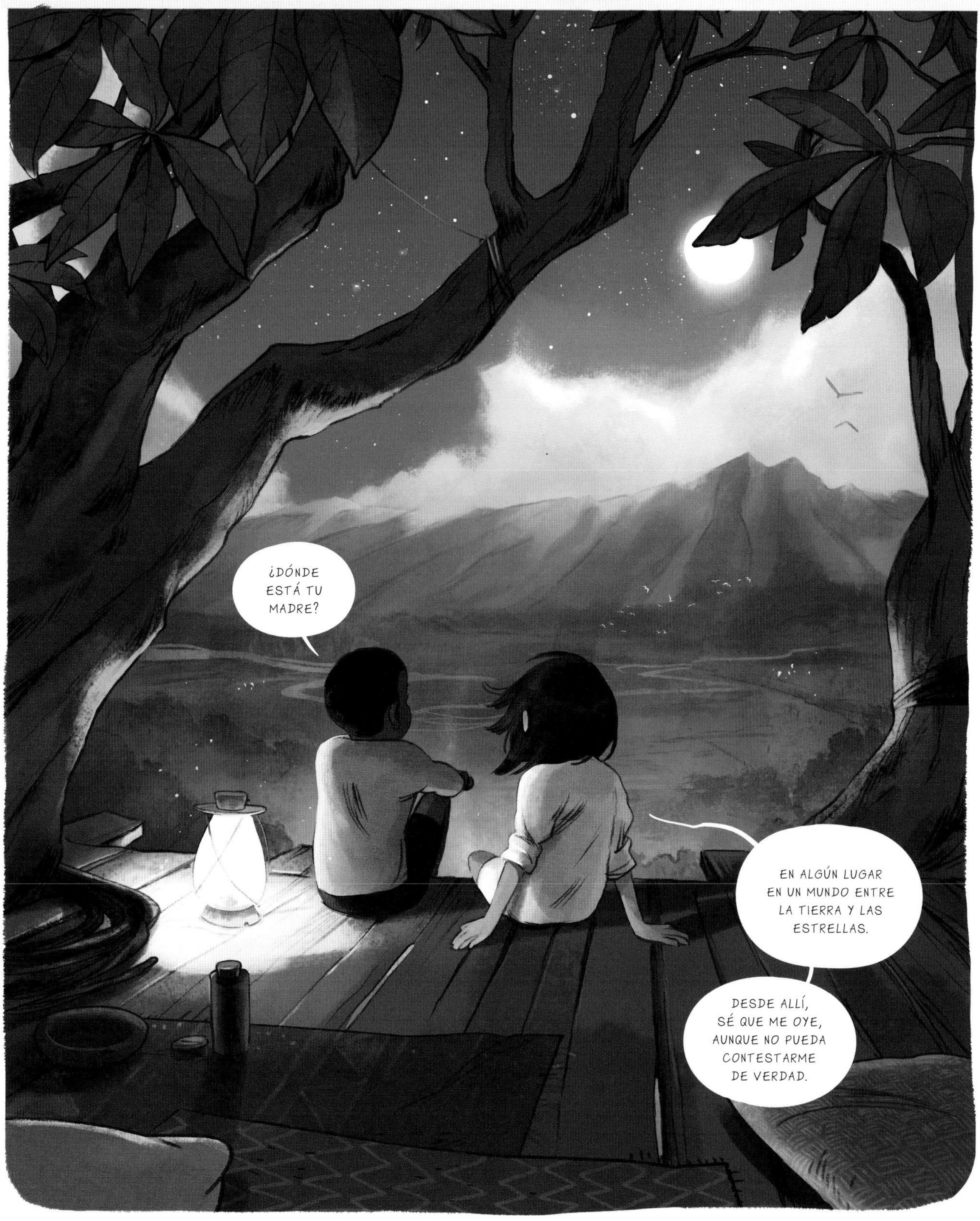
¿DÓNDE ESTÁ TU MADRE?
EN ALGÚN LUGAR EN UN MUNDO ENTRE LA TIERRA Y LAS ESTRELLAS.
DESDE ALLÍ, SÉ QUE ME OYE, AUNQUE NO PUEDA CONTESTARME DE VERDAD.

AQUÍ A ESE LUGAR SE LE LLAMA «EL PAÍS DE LAS SOMBRAS».

Y MI MADRE TAMBIÉN ESTÁ ALLÍ AHORA.

ESTO ERA SUYO. ES EL SÍMBOLO DE LA LUCHA.

NO ME LO QUITO NUNCA, Y ASÍ SIEMPRE ESTÁ CONMIGO.

DEBEMOS DORMIR. TE DEJO MI CAMA. YO ME QUEDO EN LA HAMACA.

MAÑANA TENEMOS QUE LEVANTARNOS TEMPRANO PARA DAR UNA VUELTA POR EL CAMPO. TENGO QUE ENSEÑARTE UNA COSA...

... UNA COSA QUE TE PODRÍA SERVIR PARA ACERCARTE AL REY DE LA SELVA.

¡¿QUIERES DECIR QUE PUEDES AYUDARME?!

TE LO DEBO. TU PADRE NO ESTARÍA EN LA CÁRCEL SI NO SE HUBIESE CRUZADO CONMIGO.

PERO NI UNA PALABRA A MARY, ¡¿VALE?! SE ENFADARÍA MUCHO...

¡TE LO JURO!

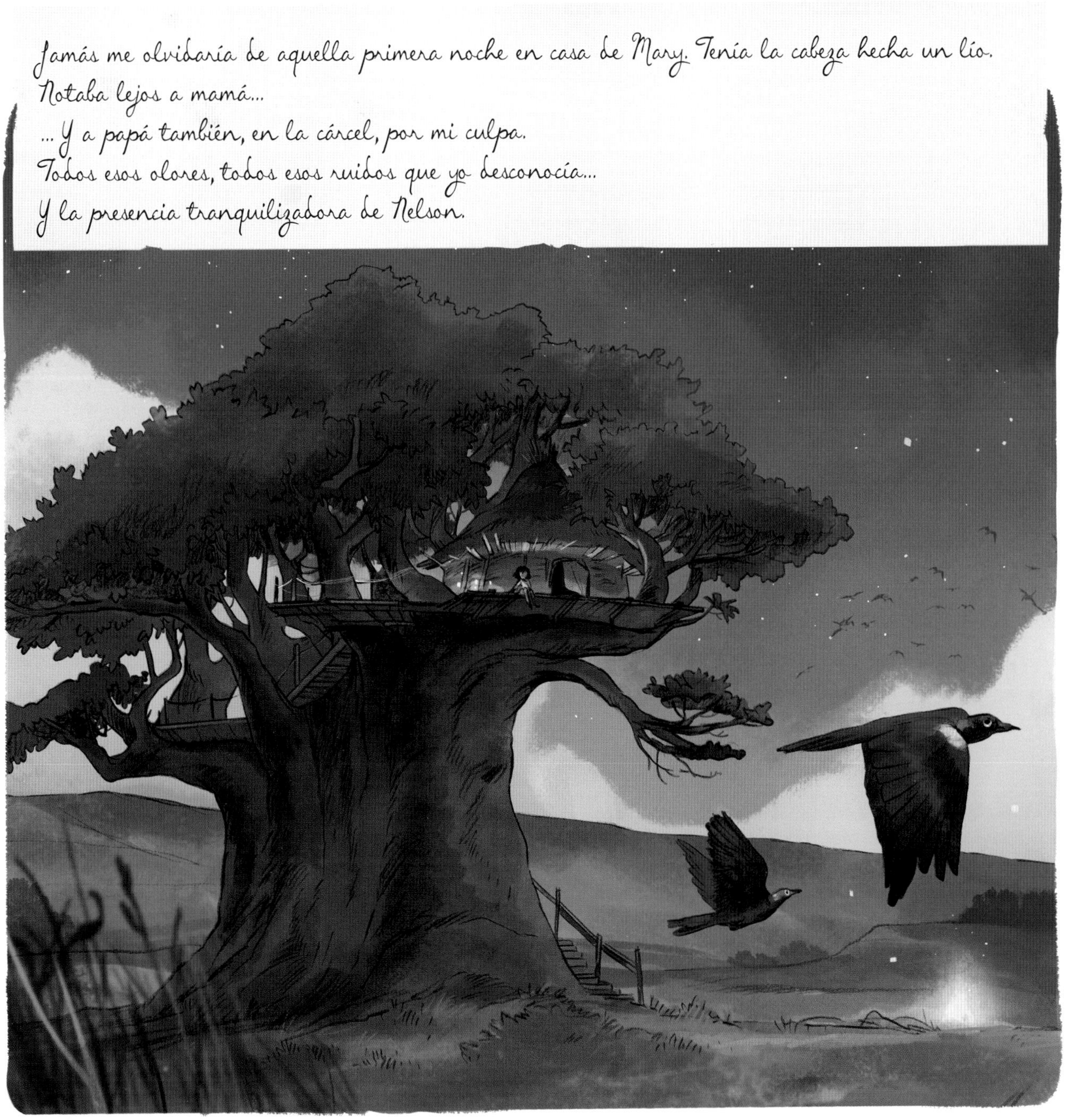
Jamás me olvidaría de aquella primera noche en casa de Mary. Tenía la cabeza hecha un lío.
Notaba lejos a mamá...
... Y a papá también, en la cárcel, por mi culpa.
Todos esos olores, todos esos ruidos que yo desconocía...
Y la presencia tranquilizadora de Nelson.

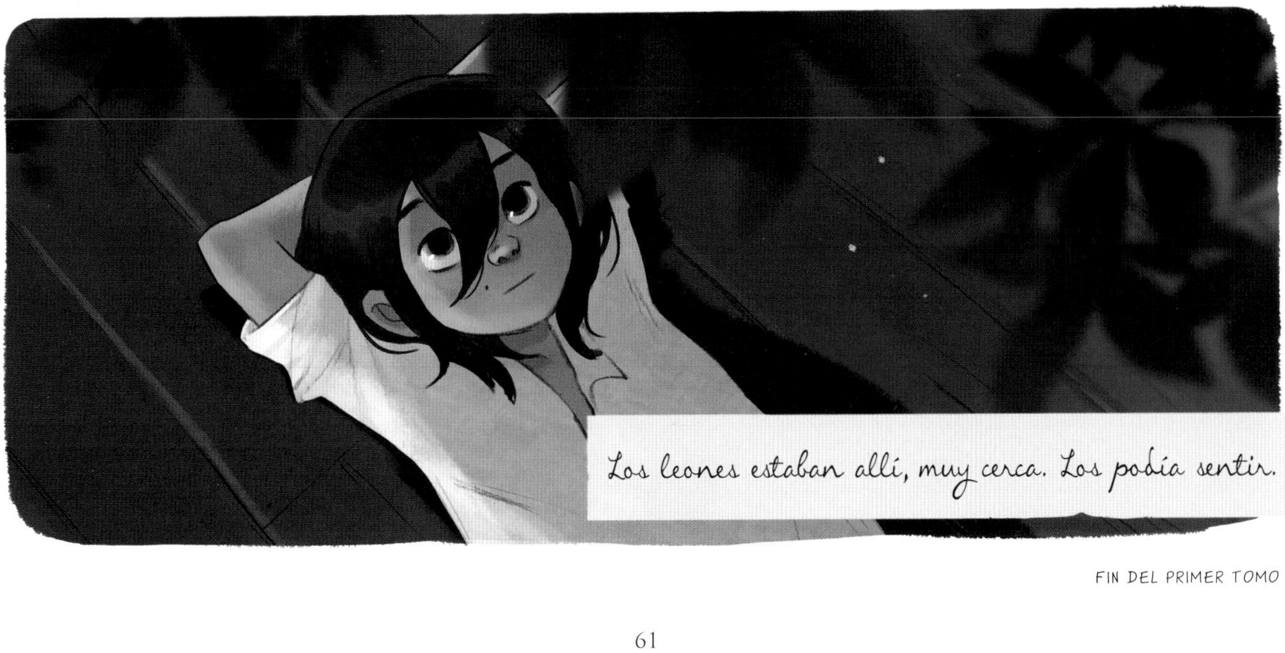
Los leones estaban allí, muy cerca. Los podía sentir.

FIN DEL PRIMER TOMO

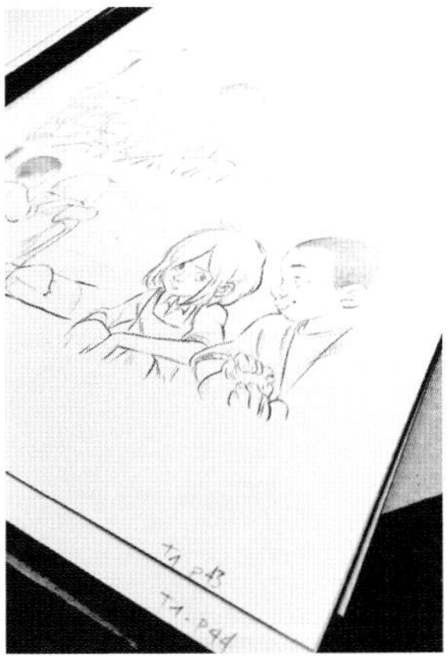
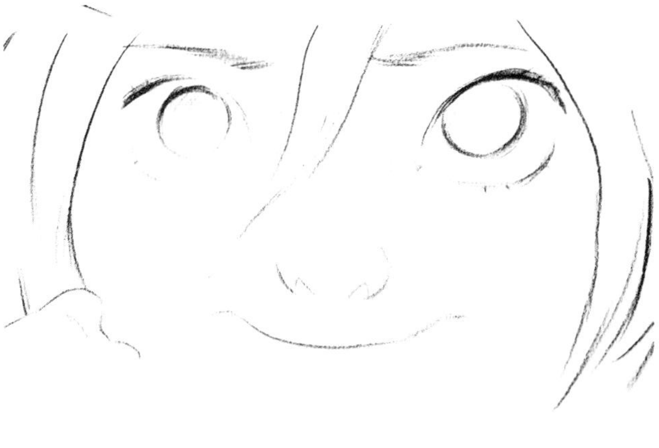
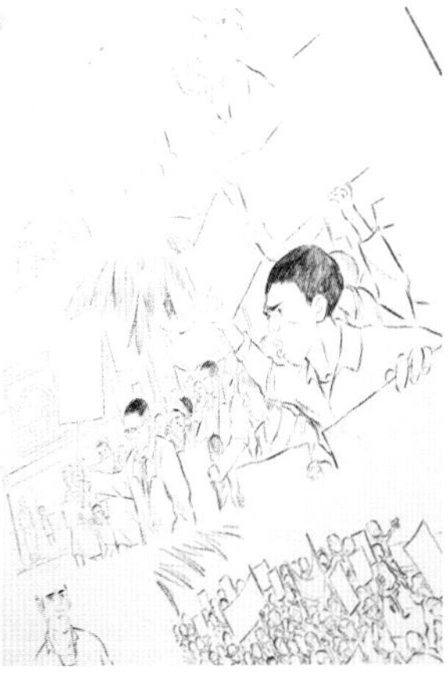
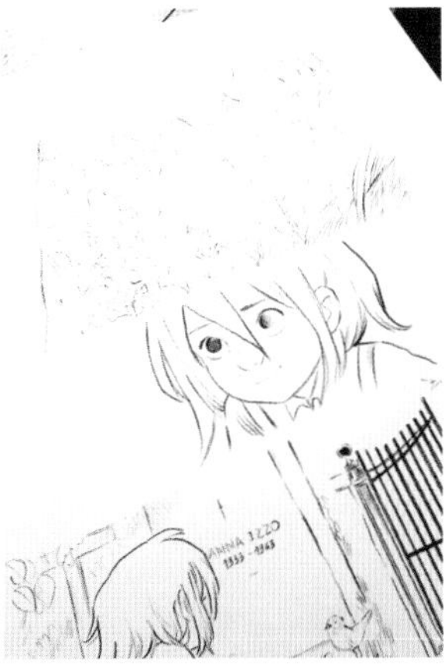
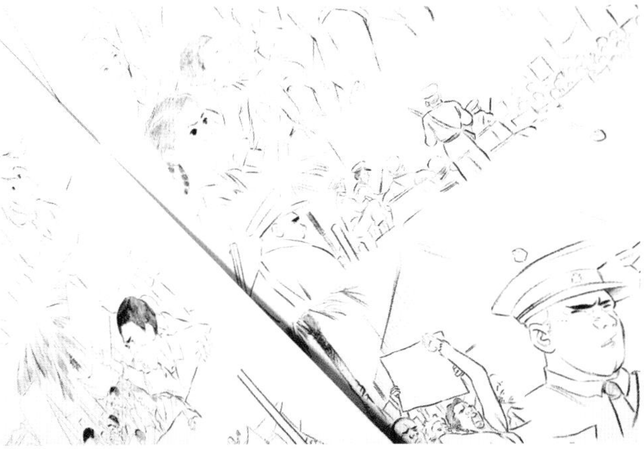
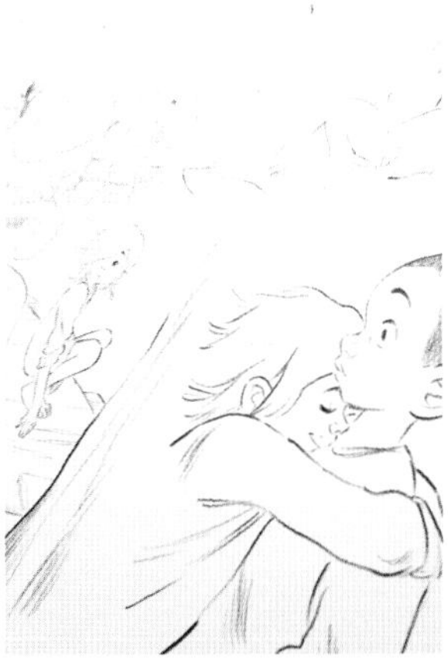

ENTRE BASTIDORES: BOCETOS DE LAS ILUSTRACIONES

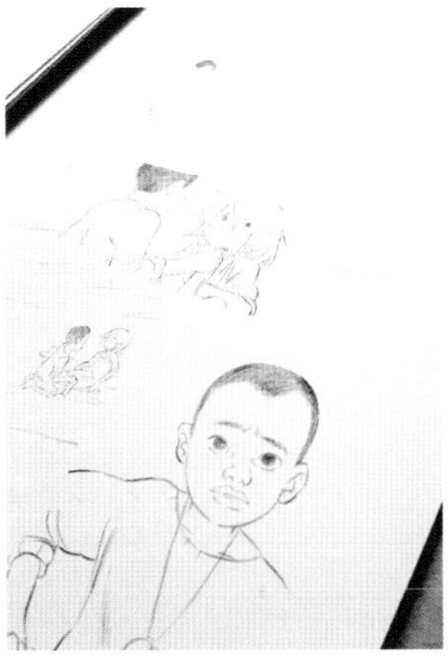
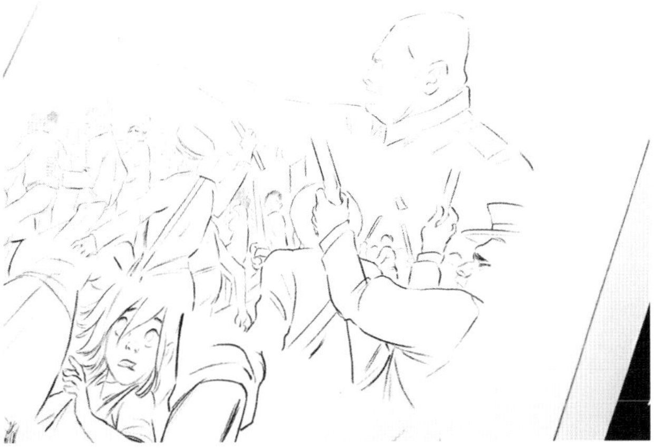
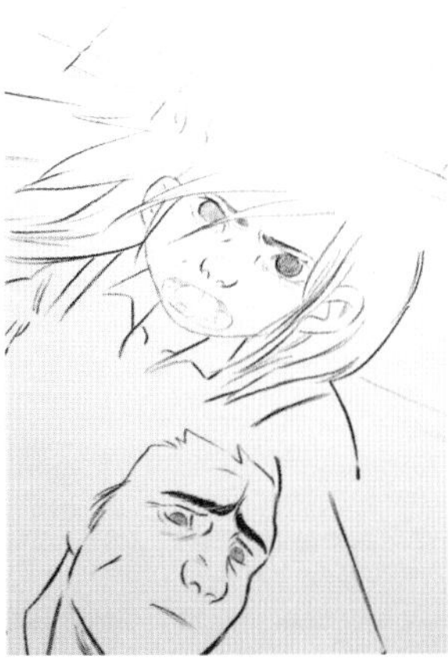
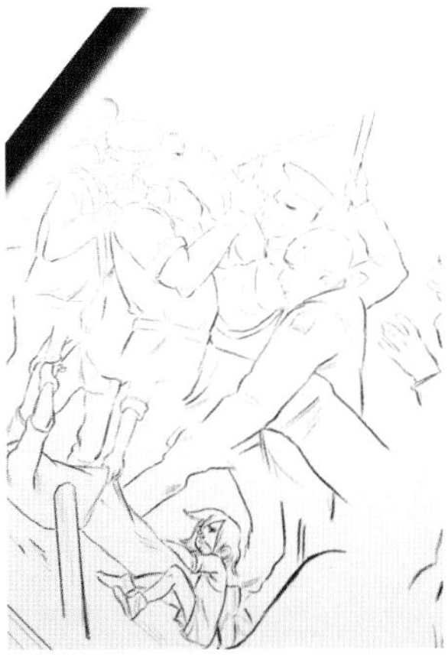
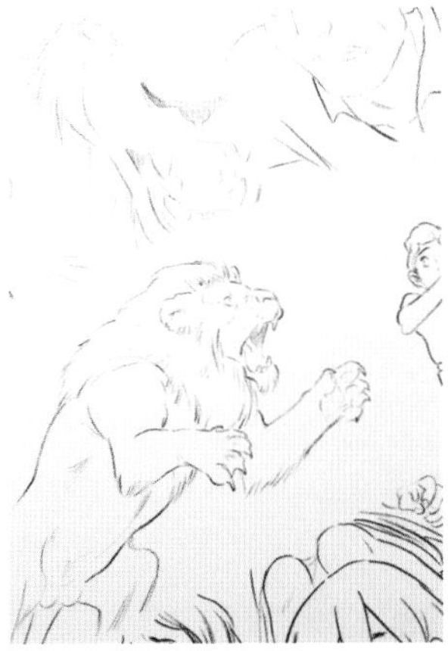
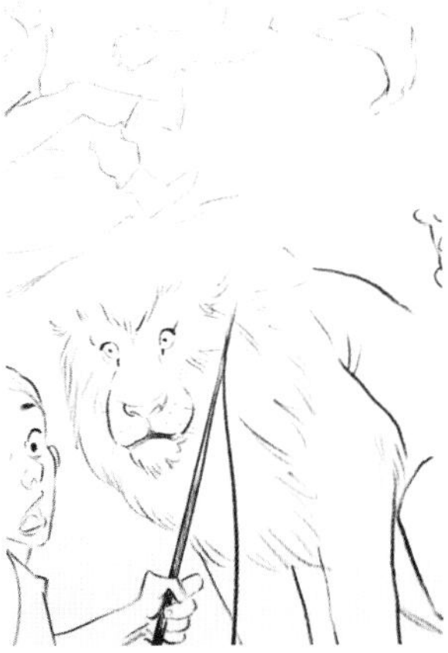
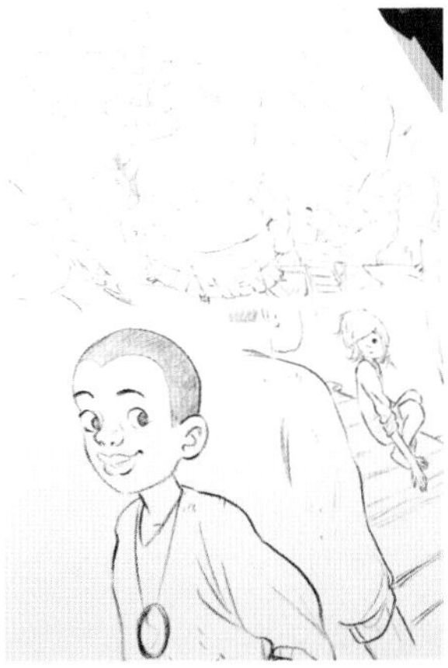

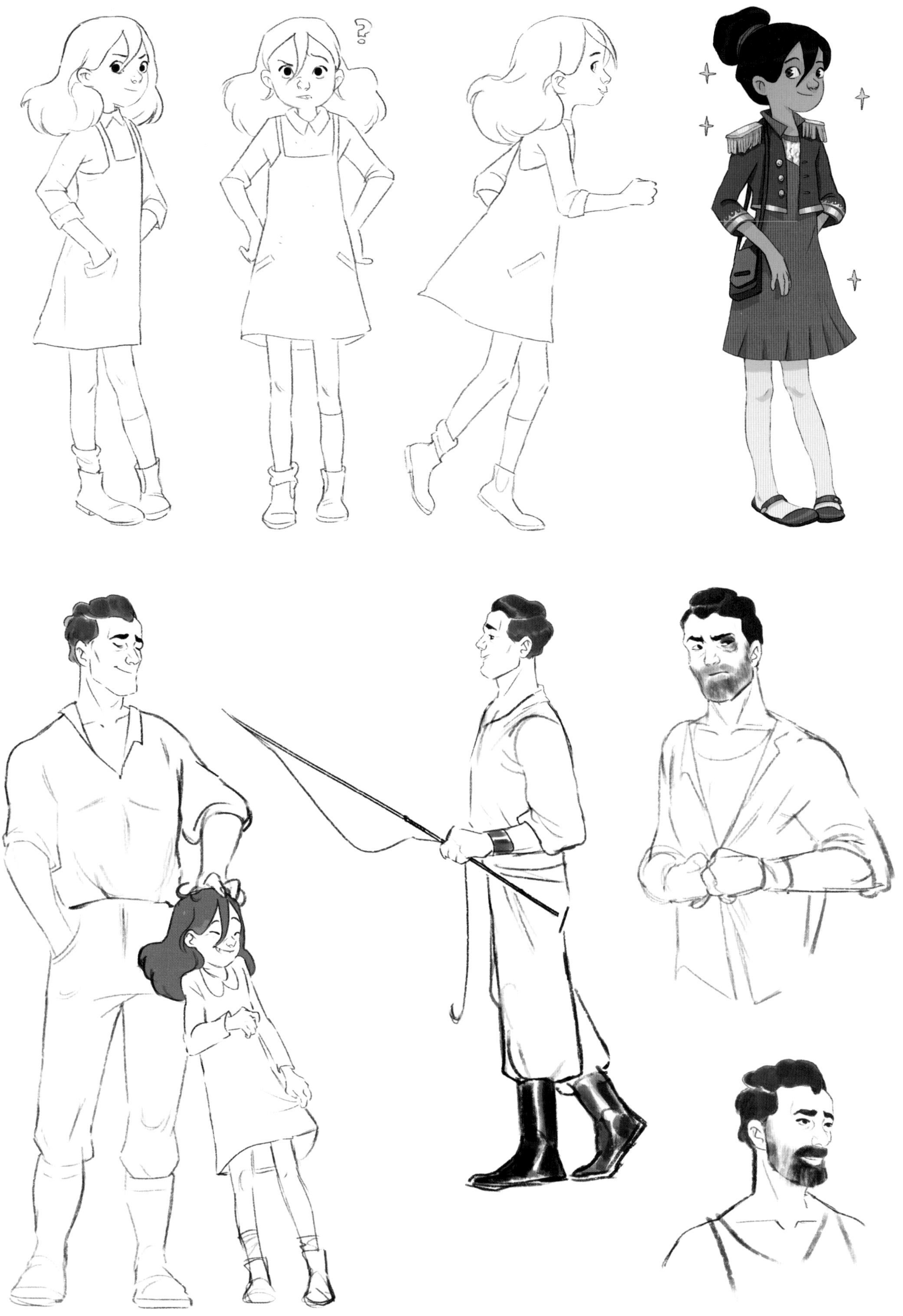
?

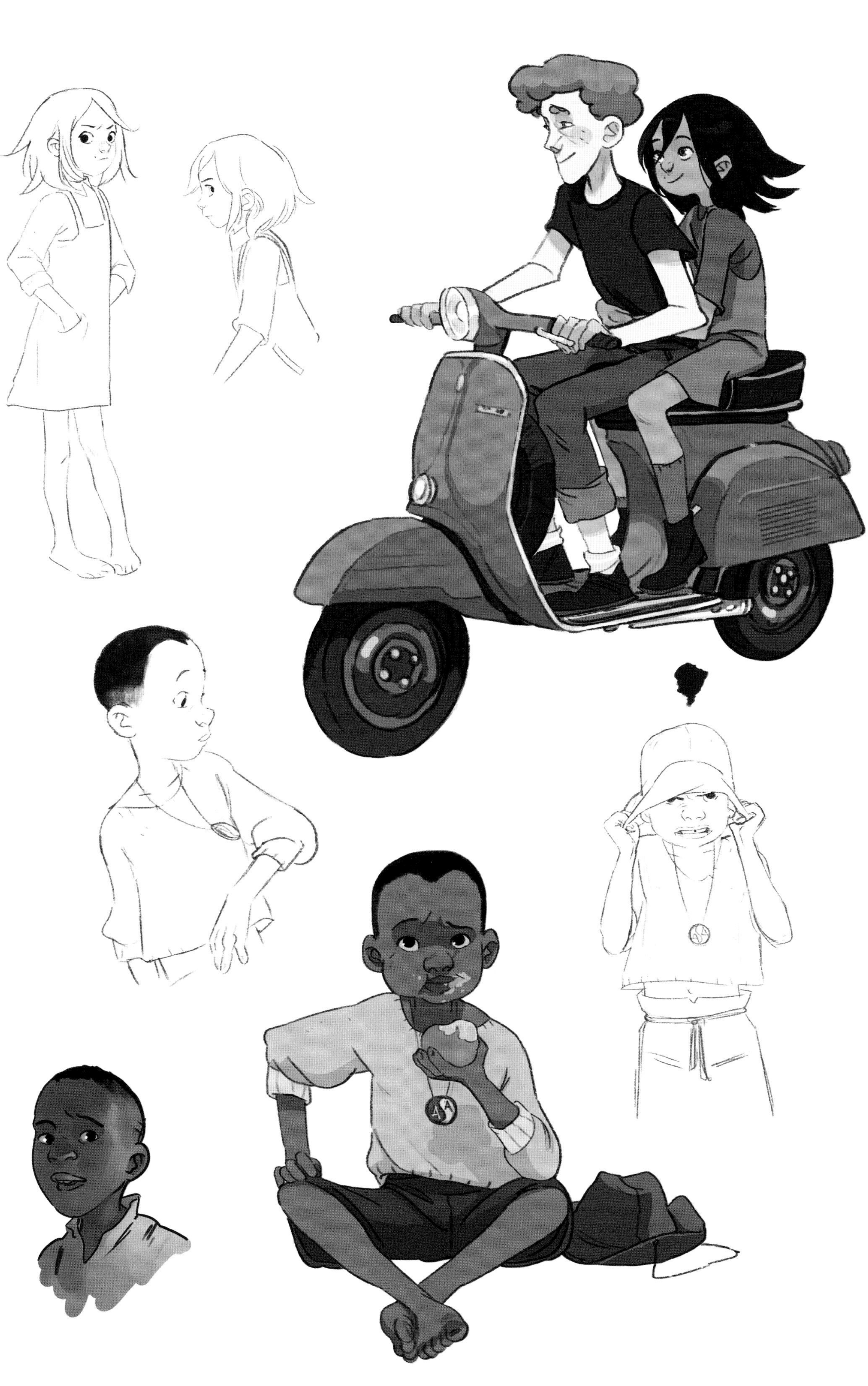

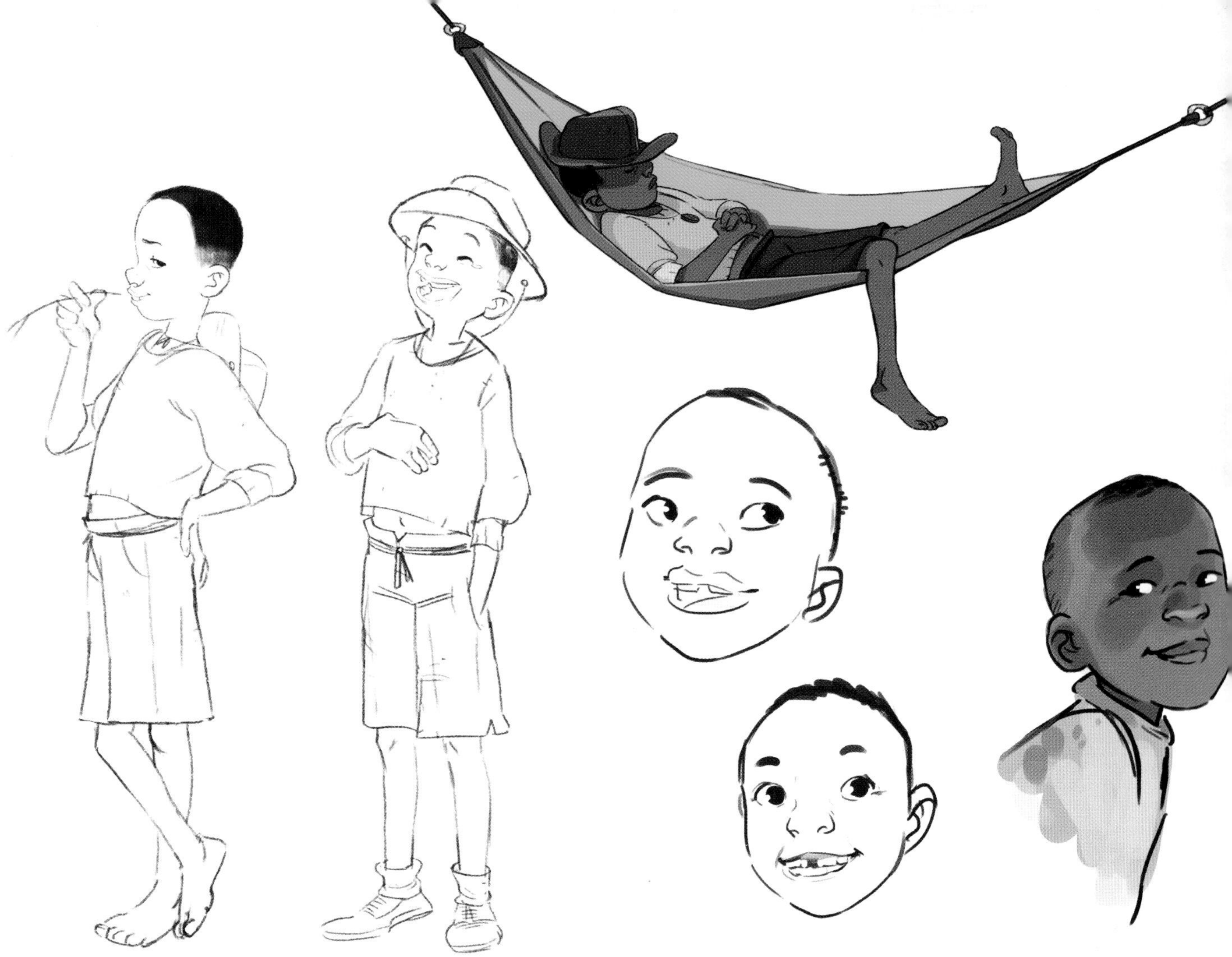

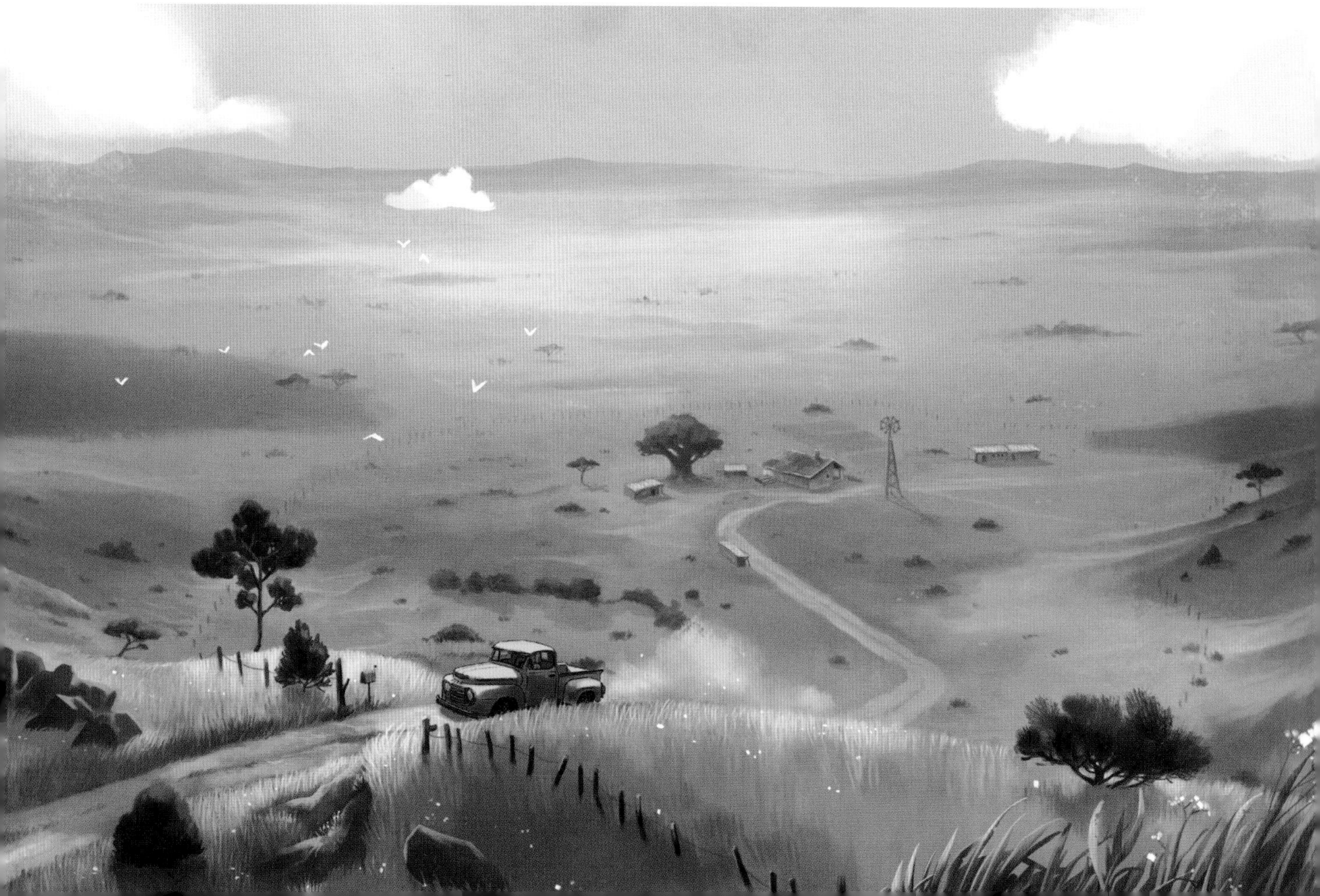

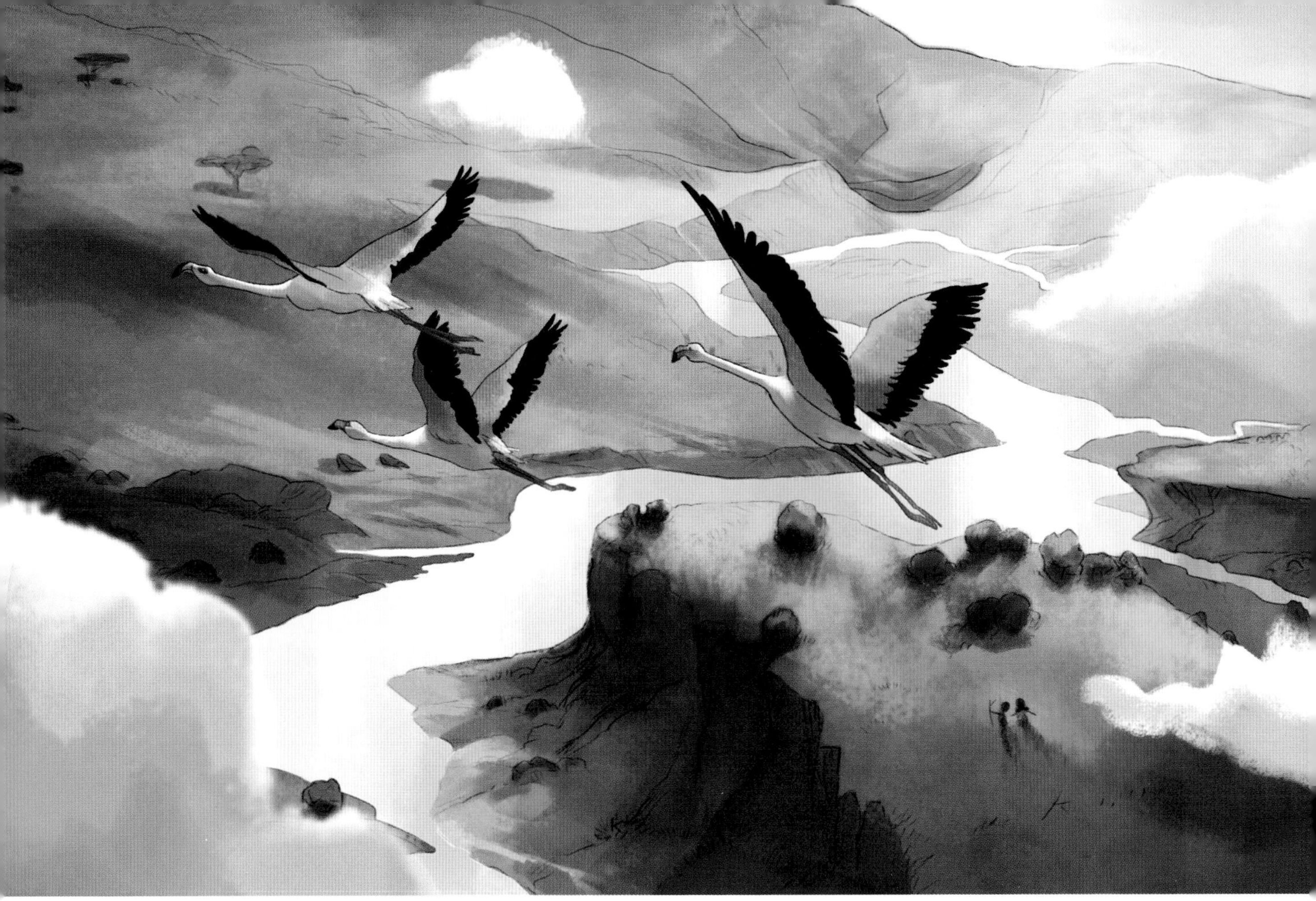

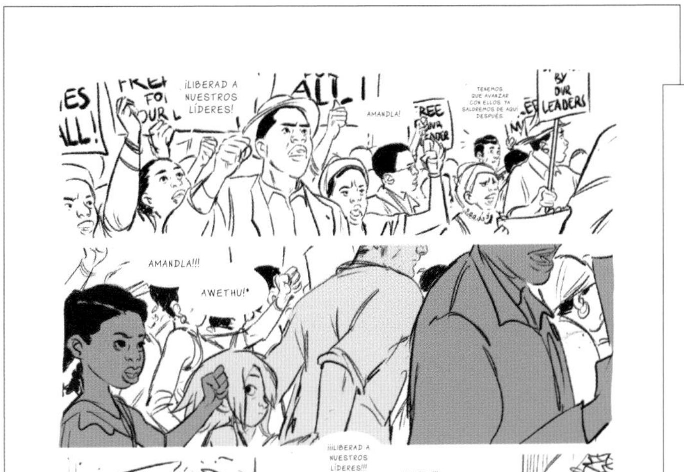
¡LIBERAD A NUESTROS LÍDERES!
AMANDLA!
TENEMOS QUE AVANZAR CON ELLOS. YA SALDREMOS DE AQUÍ DESPUÉS.
BY OUR LEADERS
AMANDLA!!!
AWETHU!*
¡¡¡LIBERAD A NUESTROS LÍDERES!!!
AMANDLA!!!
¡¡¡LIBERTAD PARA LOS PRESOS POLÍTICOS!!!
NO PODEMOS QUEDARNOS AQUÍ. ¡VEN, LULU!
¡¡LIBERTAD!!
EQUAL RIGHTS FOR ALL
¡POC!
*¡PARA EL PUEBLO! (EN IDIOMA NGUNI).
42

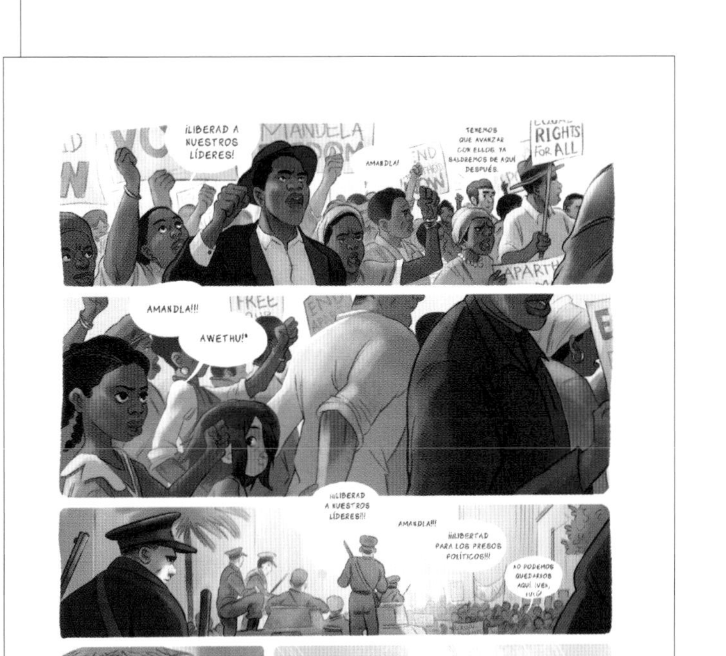
¡LIBERAD A NUESTROS LÍDERES!
AMANDLA!
TENEMOS QUE AVANZAR CON ELLOS. YA SALDREMOS DE AQUÍ DESPUÉS.
RIGHTS FOR ALL
AMANDLA!!!
AWETHU!*
¡¡¡LIBERAD A NUESTROS LÍDERES!!!
AMANDLA!!!
¡¡¡LIBERTAD PARA LOS PRESOS POLÍTICOS!!!
NO PODEMOS QUEDARNOS AQUÍ. ¡VEN, LULU!
¡¡LIBERTAD!!
VOTE FOR ALL!
*¡PARA EL PUEBLO! (EN IDIOMA NGUNI).
42

Gracias por el apoyo inquebrantable y las miradas siempre amables de Clotilde, Barbara y Adeline, gracias a Paul y a Delphine por el intercambio de ideas que han hecho que este proyecto crezca, a Jim y Charlotte por haber pedido que fuese yo, a Marie Odile por esa letra tan hermosa, a mis camaradas, por esa bombona de oxígeno que me dan cada vez que hago un álbum, a mi familia y, sobre todo, gracias a Nico por ser mi cómplice en todos y cada uno de los momentos.

Aurélie

ESTE LIBRO SE TERMINÓ DE IMPRIMIR
EN EL MES DE ABRIL DE 2021.